· 散文集 ·

能往前走
便是幸福

杨　合 ……著

作家出版社

图书在版编目（CIP）数据

能往前走　便是幸福 / 杨合著 . -- 北京：作家出版社，2023.7

ISBN 978-7-5212-2242-5

Ⅰ . ①能… Ⅱ . ①杨… Ⅲ . ①散文集 - 中国 - 当代 Ⅳ . ①I267

中国国家版本馆CIP数据核字（2023）第052706号

能往前走　便是幸福

作　　者：杨　合
责任编辑：兴　安
助理编辑：赵文文
装帧设计：牛格文化+牛依河
出版发行：作家出版社有限公司
社　　址：北京农展馆南里10号　　邮　　编：100125
电话传真：86-10-65067186（发行中心及邮购部）
　　　　　86-10-65004079（总编室）
E-mail:zuojia@zuojia.net.cn
http://www.zuojiachubanshe.com
印　　刷：唐山嘉德印刷有限公司
成品尺寸：142×210
字　　数：172千
印　　张：7.75
版　　次：2023年7月第1版
印　　次：2023年7月第1次印刷
ISBN　978-7-5212-2242-5
定　　价：56.00元

不管他坐的是什么车，

能够往前走的人便是幸福的。

——巴金《河池》

目 录

家乡山河

世界长寿之乡巴马，是我的家乡。

家乡境内，青龙山脉与都阳山脉自西向东和东北方向延展，以"八"字形的姿态覆压全县大部，以至于我的家乡山岭绵亘、层峦叠嶂，中低高度的山头就有千余座；与山峦相对应的河流，在家乡也不少，作为珠江流域的一部分，境内大小河流干支交错，蜿蜒潺湲。面对家乡的山山水水，我们的语言不能尽情叙述，我们的眼光难以完全逡巡，我们的脚步无法轻松穿越，我们的内心也无以长久铭记。但有一些山川，只是与它们轻轻碰撞，就在心里扎根了，让人再也挣脱不了对它们的记忆和念想。

小河也能东到海

我跨越的第一条河，是一条小得不能再小的小河。

那是家乡的小河。

有一年夏天，我利用到广州出差的间隙，约了同村的老乡叙谈。我们茶叙的地方看似临江，其实离江水还有很远的距离。叙谈间，我不断扭头看江水，读出我的心思后，老乡介绍说那是珠江。城市太大了，不认识我当时看见的是珠江的哪一截，只知道自己已经真实地看到了珠江。

之后，我在手机的便签栏里写下三行字：

珠江里众多的水花，

有几朵，

是家乡小河泛起的！

远远看上去的珠江，很平静，不知道有没有水花，就算是有吧。

家乡的小河，在珠江上游很远的地方，淹没于山岭间，涓涓细流，寂寂无名。

我们的村庄叫龙凤，现隶属于巴马瑶族自治县的燕洞镇，不过两百多年的历史。人们居住的地方在石山区，没有河流，没有稻田。河流、稻田与村庄之间相隔一座大山。从村庄出发，到稻田里耕种，就必须弯弯绕绕，经过山口、母猪岈、竹林湾，爬到梁上，歇歇气，再曲曲折折下山，途经三台坡、二台坡、头台坡和响水湾，才到达山谷的小河边。面前的小河，由两条更小的溪流汇聚而成。两条溪流交汇成一个棱角极不规则的"丫"，我的先人，就把小河叫作三岔河。

我发觉，我的祖辈们在为事物命名这件事情上，有些轻率。尤其是在为村里唯一一条小河命名时，显得率性和随心。身居大石山区，哪怕是一条小小的河，也是弥足珍贵的，犹如掌上明珠，该是集百般呵护、百般宠爱于一身，是要取上一个好名字的。但我的祖辈们，表现得很任性，好像有点不负责任，用一个"三岔河"就完成了一条河流的命名。

俗气的小河之名，一叫就是两百余年。这个毫无寓意的名字，被村里人挂在口头上，因为不是正式命名，入不了正规的书册。我经常在地图上寻找她，但总是找不着。我估计，世界上所有的书本、所有的地图，都不会赋予这条小河一个名字的。

家乡的小河实在太小了，小得我无法形容，但她又真实地滋润了狭窄的两岸，孕育了无数稻米，让我的父老乡亲闻到稻花香，吃上白米饭。两岸的稻田，曾经是乡亲们的挚爱，他们精耕细作几代人，对稻田体贴入微、关怀备至。我曾经看见村里的一位老人，在耙过田之后，还蹲下身，用双手把田里的泥土，捏得软软细细的，生怕稍后种下的秧苗会被硌疼。

小河小得玲珑剔透，小得至善至美。尽管很小，但她却是多少人练习游泳、熟识水性的第一站。在属于我们村的河段里，有两处适合游泳。一处是猪槽塘。在一个大峡谷内，河床的石头被流水侵蚀成一个像喂猪的猪槽，因此大家便称之为猪槽塘。其实，它更像一只小船，独木舟那种形状的小船，漂在河面上，栩栩如生，悠然自得。我的乡亲们却没有雅兴，拒绝雅称，选择的是平常和实惠之名。猪槽塘适合小孩子游泳，对大人来说还是太浅了。另一处是绿荫塘。该塘是被一个瀑布冲刷而成的，因为深，水常年绿茵茵的，沿河两岸林木繁茂，遮天蔽日，而瀑布的响声又振聋发聩，置身于绿荫塘侧，让人能感受到"熊咆龙吟殷岩泉"的气势和"栗深林兮"的恍惚。

小时候的我们，尽情地在小河里嬉戏，天真烂漫，无忧无虑，知道小河在蜿蜒向下，流向远方。但我们根本不知道，河流最终流向哪里，哪里是它最终的归宿。

后来，我终于弄明白，家乡小河是灵岐河的源头之一。

小河往下，进入新力村，被称为新力河；再往下，与赖满河交会，被称为赖满河；又往下，则进入燕洞，又被称为燕洞河；继续往下，与来自百色境内的那拔河汇合后，正式被命名为灵岐河。灵岐河是巴马境内的第二大河流，集雨面积达五百多平方公里，占全县面积的四分之一了，不过，与大江大河相比，灵岐河还只是一条小河，她以红水河一级支流的身份在大化境内注入红水河，成为珠江水系的一部分，汇入南海。

家乡小河，怀揣梦想，最终流向大江和大海。

河流的方向，一般都是一个美好的方向。这也意味着，我们的梦想，也可以延伸到海风吹拂下的广阔天地。

我的想法，被我的乡亲们一一实践了。我的众多父老乡亲，从20世纪80年代开始，正是沿着河流的方向，纷纷涌进广州、深圳、珠海、东莞、佛山等地，用双手创造生活，用勤劳亲近幸福，用内心思念家乡。那些朝东而去的队伍，就像流水，延绵不绝，越发壮大。他们一代接着一代，从最繁重、最艰苦的工作开始，不辞辛苦，省吃俭用，累积属于他们的收获。之后，我们家乡附近的十数个村庄，楼房如雨后春笋，在大山间拔土而出，艳羡了路过之人，成为典范。随着高学历年轻人的接踵而至，乡亲们打工的工种，从最初的简单向着复杂迈进，电子、通讯、汽车、医疗、教育、服装、公务员、媒体等行业里，都有乡亲们的身影。他们用大山般的沉稳厚实、坚忍不拔与流水般的至善至亲和劳作不息，在异地他乡做出了业绩，赢得了那片热土的好评、认可与接纳，争光梓里，获誉乡关。一些成就出众者，举家搬迁，在富裕的土地上过着安定富足的生活，与家乡的小河一样，淙淙而东、千里奔袭之后，已经融入大江大河中，完成了华丽变身。当然，也有很多不顺利的人，他们因学历、见识、疾病、伤残等诸多原因，或收入低微，或杂念太多，或好高骛远，或消耗过大，便有工作失意者、投资失败者、客死他乡者等，让千里之外的家乡，不断收到一道道伤痛的消息。

世间的很多河流，都是一条充满着矛盾的曲线。她有哺育，有赐予，但也有伤害，有毁灭。

没有河流的城市与村庄，大多是有些蓬头垢面，萎靡不振，了无生机；有了河流的城市与村庄，透射的是清秀灵动，温婉典雅，魅力无穷。河流能赋予生命的源泉、肥沃的田地、丰富的物产、壮美的风景。不过，因为有了河流，夏天泛起的洪水，会让城市受冲击，会让村庄受浸泡，会让田地受淹没，会让庄稼受摧毁，会让猪羊丢失，还会让人的生命受到威胁。要是没有河流，那就相对平安了。但是，谁又会因为一些灾害而厌恶家乡的河流？

应该没有。大河孕育大城市、滋润大平原，小河养育小村庄、滋润小田块，格局不一样，功能一样。而且，她流淌而出的情怀也始终一样。小河有小河的流淌，小河有小河的故事，小河有小河的歌唱。

小河边的年轻人、壮劳力外出了，只好把田地留给老人耕种。随着老人一个一个老去，稻田就开始一丘一丘丢荒。

2015年秋天，在与家乡的小河阔别十八年后，我重返小河边，发现当年丰腴的河水变得瘦小了，里边的鱼虾已经绝迹，两岸大片田地已经荒芜。我还清晰地记得，那些年的小河里，流水清澈、潺潺不绝，鱼虾成群、稻花飘香。而如今呢，不知鱼虾游向何方，不知稻花开在哪里。我到曾经用背篓捞鱼虾的拐弯处，定睛注视河水，想从中发现鱼虾的踪迹，却一直未能满足眼睛的要求；抬起头，看到成片荒芜的稻田，真真生出了陶渊明"田园将芜胡不归"的慨叹。

随着年岁的增长，我穿越的河流也越来越多，可是家乡的小河却像身上的汗水一般，总会从身体的某个部位，毫无商量地窜出来，怎么也抹不掉。

很多人，虽然不断远离家乡的河流，但河流以及沿河的人物故事，仍旧占据心间。很多老乡都承认，自己在城里居住了几十年，每回做的梦，梦境都是那个遥远的小村庄，都有那条小小的河流。

我手机里微信朋友圈上的封面图片，就是三岔河，是2015年秋天，我在时隔十八年后再次看到三岔河时拍摄的。这也是我第一次给三岔河拍照。照片上，两股流水从上方流下来，然后交汇成一条河。我就在交汇处，定格了河流的一个瞬间。画面里，金黄色的夕阳，把田野、草木、石头也染成了金黄，看起来清晰而温暖。从2015年之后，每年国庆假期，我们兄弟姐妹还有一些在外漂泊的乡亲，都相约回到小河边，来一次相聚，我们自许为"三岔河文化旅游节"。这个所谓的节日，没有舞蹈，没有歌唱，没有任何仪式，我们只是到河边看一看，卷起裤脚到小河里蹚蹚水，打湿一下记忆，散发一些情感，减轻一段眷恋。

看着小河淙淙流淌，她和众多的父老乡亲一样，不辞艰辛，东到大海，抵达宽阔而殷实的梦想之地。我便在手机便签上，继续补充在珠江边还未完结的句子：

> 家乡那弱不禁风的小河，
> 一定是用尽了气力，
> 才见到大海，
> 才在入海之际，
> 泛起几朵浪花。
> 不知道，常饮珠江水的乡亲，
> 是否尝得出其中一口，
> 有家乡的滋味？

家乡，有很多山峦，却只有一条河流，尽管现在已经瘦得厉害，鱼虾也远离了它的血液，我还是希望它能恒久地流下去，不要抛弃这片土地，不要抛弃我的乡亲，也不要抛弃我。我和那条小小的河流，拥有一个共同的童年，拥有一个共同的远方，还拥有一个共同的家乡。

云盘山上有营盘

家乡村落位于大山围裹之间。在四周群峰之中，有两座山较为出名，一座是阎王山，另一座是云盘山。

阎王山，郁郁苍苍，俊伟雄奇，不知先人们为何要赋予那么一个骇人的名称，在此不提。

云盘山，准确一点说，应该是营盘山，因为山顶曾经是远古某个朝代土司的军事营盘。

从四面八方迁徙而来的我们，乡音难改，把"营"念成了"云"，就理所当然把"营盘"读成了"云盘"。按字面解释，"云盘"当属白云盘桓之处，意为高耸，但算不上一个真正意义上的词语。直至现在，"云盘"才变成一个新词，是一种互联网存储工具，可以海纳百川，可谓云端存储、海量存储。虽然叫作"云盘山"的地名和山名也很多，但是位于故乡的这座山，被称之为"云盘山"还真的是一种误读。因为，早年参与记载的人，已经把那座山以"云盘山"的名义写进各种文本的记述里，我无法更改，也只能人云亦云地把那座山称为"云盘山"。

在地图上找不到云盘山的标注。我在1：30万（图上1厘米相当于实地3000米）的河池市政区交通图上，也找不到。自小就闻听到，云盘山海拔高度超过1000米。翻阅资料，《巴马县志》记载的数字是1048米。在我的故乡，真正超越海拔1000米的山虽然有20座，但按云盘山的知名度，应该在市级地图上有一席之地的。尽管没有，但县里还是有很多人知道。山不在于高，而在于它有故事。就像世界上的很多地名，都来自一座名山的名字，就因为那些山里都装满了历史，盛载着故事。

云盘山位于燕洞镇同合村，离我们的村庄不远，七八里行程。山上留有战斗遗址，被称为云盘山小长城。可以考证，那里曾经是古战场，屯兵驻军的遗迹还比较明显。

小时候，还听到大人讲过关于云盘山的故事。

传说是杨文广，率领大军曾在云盘山有一场厮杀……北宋时期，侬智高反宋战争失败后，宋朝为了分化缩小广西各地土州的势力，开始在土州管辖地进行改土归流，这种改革，威胁到地方家族政权的统治地位和经济利益，一些势力稍大的土属地区纷纷起兵与朝廷抗争。如此，管辖云盘山一带的土司岑氏一门，为了巩固自己的势力，抵抗朝廷的镇压，必然会在边境线上的险关要隘，筑营扎寨，防御外侵。镇压侬智高起义之时，杨文广曾随狄青南下，还被调任广西钤辖，相当于广西临时战区统兵。那个时期，杨文广是否也率兵攻打驻守云盘山的土州之兵？也许有，因为杨文广曾于宋仁宗皇祐年间，担任过宜州知州，恰好，云盘山正处于两州府的交界地，很有可能发生无数征剿方面的战事。小时候，就听了大人们讲述的故事：广卫侯王杨文广，带领妹妹飞山公主杨八姐，征剿云盘山。云盘山上的独眼将军，用木头和石头布置木石阵，让杨文广久攻不下。最后，杨八姐出计，买来大量牛羊，以之代替兵士来进攻，待山上的木石滚落完毕还来不及布阵之时，山下将士一举进攻，终将独眼将军打败，夺下云盘山。正史上，宋代关于这方面的记载较少，无从考证。我们权且把当地流传的故事，当作一段传说，也当作一抹抹历史的烟尘。不过，到了元代，关于土司征战方面的记载，就比较充沛了。如田州的岑世元，就曾率兵对抗元朝的改土归流政策，巩固地方自治，强化治安，为当地百姓做了很多实实在在的好事。属于田州管辖的巴马，就建有岑大将军庙宇予以纪念其伟绩。

而据考证，云盘山上的营盘，是当地的土司修建的，不过始建的年代无法考证，也许是宋代，也许是元代，也许是明代。1989

年4月，在云盘山遗址，出土了一尊土炮、四把大砍刀、两件铜铳，经广西博物馆考古专家鉴定，皆为明代遗物，营盘修建于明代的可信度较高。

一直以来，我的故乡巴马被历史不断分割。自明代始，以盘阳河为界，巴马东面属于东兰辖地，西面则属于田阳辖地，当时的东兰和田阳，还分别叫作东兰土州、田州土州，虽然仅一河相望，却分属右江道和左江道，小一点说分为百色府和庆远府。云盘山，尽管离盘阳河有些距离，但它也处于多方土司的交界地，属于兵家必争之地。当时的岑氏管辖的田州土司，实力强盛，睥睨四方，称雄周遭，就得益于各处的险关要隘。比如，位于巴马盘阳河西侧的马鞍山、加轿山，土司岑猛及其夫人瓦氏就曾亲自寓此训练兵将，抵御外侵。云盘山的营盘规模，远超过马鞍山，其中的屯兵长廊、跑马道和战壕，都是马鞍山无法具备的。

对于久远的历史，我有些朦胧恍惚，不如自己的所见所闻清晰可辨。

记得第一次登临云盘山，还是在高中时期。那是某个秋季，高中的一帮同学，听历史老师在课堂上说到云盘山出土了古代兵器，大家便染上了兴致。课后，一些同学仍然被云盘山的兴致围绕，谈着谈着，兴奋骤升，趁星期天，六七号人便相约踩着单车奔赴云盘山。

去云盘山，必须路过我家门口。我们停车驻足，进到家里，让父亲煮晚饭等我们，然后大家兴致勃勃地去爬山。

云盘山山体高大，云遮雾绕，树林又繁密，登山的路，只是一条羊肠小道。因为经常登山的人太少，小路已经荒芜，我们一路折腾，一路歇息，一路鼓劲，才爬到山顶。

上到山顶，一路上体验到的所有艰辛很快就荡然无存了。

因为曾经建有营盘，云盘山主峰的山顶竟然是一块平地。后来才了解到，云盘山并非一座山峰，而是一串延绵的山体，占地达五万平方米。位于山顶的营盘，不止一处，是由数个山头的营盘组成，较为著名的是大营盘和小营盘，其中的大营盘为广西迄今发现最大的军事古营盘。可见当时的气势，也可见开豁的云盘山山顶带给我们的震撼。目光所及，周围的山峰大小不一，错落有致。还没达到主峰上，就依稀辨别得出驻军的痕迹。拨开荒草，才发现，沿着山顶的边沿，还有泥土筑成的城墙的旧迹，驻足细观，长满杂草的旧战壕，匍匐成一条明显的绿色脊骨，犹若一条突兀于山沿的卧龙。因为爬山过程比预计耗时太多，就在我们仔细打量历史的往事时，天光已逐渐暗淡下来。上到主峰之巅，看着远处苍茫的群峰，看着夕阳在天际恋恋不舍，尽管我们的心中都荡漾着"山登绝顶我为峰"的气概，但还是不得已收兵撤退。回到家时，天色已经完全暗淡。为了做饭等我们，父亲把一个小池塘里的几条鱼打上来，准备好了一桌晚餐。饥肠辘辘的我们，在昏暗的灯光下，一边吃饭，一边兴致盎然地谈论云盘山。

父亲站在旁边，终于说话了。他说的除了杨文广、杨八姐的故事外，还有一个是真实的：70年代，在云盘山造林的时候，一个姓郑的老汉，无意间挖到了一枚大印，应该是玉石雕刻的。听说，如获至宝的老汉把大印放到枕头边时，耳畔就会响起一阵一阵的嘶吼声，犹如千军万马在战场上厮杀吼叫。老汉环顾四周，却不见一兵一马。一而再，再而三，老汉一夜未睡，第二天便抱着大印回家了。回到家里，依然是千军万马在他的耳畔嘶吼，渐渐地，老汉的精神变得恍惚起来。幸好，县文物所的人及时赶来把大印收回去了，这也救了老汉一命。

那一次，云盘山以及关于云盘山的故事带给我们的享受，和饭菜一同被我们咀嚼消化。

第二次登临是前些年的国庆假期，和一帮老乡相约云盘山。这一次出行，道路顺畅了很多，水泥路已经延伸到山脚。登山的路，虽然还是泥路，但因为有人上山开发云盘山的资源，走的人多了，绊路的荆棘就少了。同行引路的老陆，老家就在山脚的不远处，对云盘山的情况较为熟悉。他对云盘山的赞誉，超过了我的预期。按照他的说法，云盘山是文化遗址，云盘山是森林王国，云盘山是矿产资源富地，云盘山是水资源仓库，云盘山是天然氧吧，云盘山是旅游的胜地。不管他说什么，我们都赞同，只要他不怕累，只要他脑袋里还有词语，我们都会让他一直褒奖下去，因为他有现实证据。比如，云盘山有一望无际的杉木松木，有成片的油茶等经济果木林，有金属矿产品，有微量元素丰富的天然饮用水，空气中的负氧离子高得出奇，山下的村庄，还有好多百岁长寿老人……

第三次登临云盘山，是2017年的清明节期间。这一次，我把十岁的儿子也带上。从未经历过如此折磨的他，走到半途就说心慌胸闷。我知道，这是身体的反应，但不会碍事，就鼓励他坚持下去。上到大垭口，离顶峰已经不远了，但是登山的路更加陡峭崎岖，儿子几乎不能坚持了，满腹的不情愿，拿着手中的棍子猛然打击着身旁的荆棘出气。我说了一句"行百里者半九十"。他问是什么意思啊？我再解释给他听，他似乎有所领会，放下戾气，接着爬山。

登顶览众山，众山如平川。第三次站在云盘山的山顶，却有了一次全新的认识。从山顶观远方，眼前延绵的山峰，成了李白笔下的"对此欲倒东南倾"，浮云也已在脚下，让人不禁望峰息心。抬头，望着云盘山的天空，那云朵似乎悬而未动，我仿佛看见那是某个朝代的战火，正映入漫天的夕晖之中，被广袤深邃的时间收藏。想不到，这个普普通通海拔一千余米的山峰，在岭南的山脉间，竟然被历史看中，被滚滚硝烟选择。如今想来，那些战火烽烟，对我们祖先来说是一场梦魇，而对我祖先的后人来说，却似乎收获到了一份荣耀。

是的，那一刻，在我的眼前，云盘山上空的云朵，被历史的雨滴洗涤成一片纯洁，它们，也许是宋朝、元朝、明朝、清朝云朵的子孙，如今，它们忘记历史的烟尘，抛开了风起云涌，正在新的天空间，相依相伴，安静而和谐。

收住飘飞的思绪，再回到现实中来。父亲又和我们说了一段他的亲身经历：80年代，他的一位同学，在云盘山上挖到了两根神秘之物。闻讯后的父亲，就到同学家，看见锈迹斑斑的管状物，有成人的手臂粗，长若二尺。在那个物质贫乏的年代，哪怕眼前之物锈迹斑斑，但依旧赋予了他们无限的希冀。他们一起渴望，这最好是极具价值的古物，可以安慰一下穷困的内心，也可以放飞一下奢求的梦想。他们小心翼翼地刮去锈迹，才发现这只是两节铜制的炮管，值不了几个钱。

父亲的这个插曲，没能让父亲的同学发家致富，但对这个军事营盘的历史，却增加了一些厚度和可信度。

享誉世界盘阳河

不舍昼夜奔流不息的盘阳河，流啊流，就流成了天下著名的长寿河。

盘阳河不仅风光旖旎，还因为长寿因素而举世闻名。

盘阳河凭借自身强大的能量，养育了两岸众多的百岁寿星。1991年11月，在日本东京召开的国际自然医学会，向世界宣布，巴马是第五个世界长寿之乡。

巴马能拥有这一享誉世界的称号，就得益于盘阳河的滋养。

随着巴马这个世界长寿之乡声名鹊起，盘阳河两岸的长寿村落一一从历史岁月的尘埃间浮出来。孕育了众多老人的盘阳河，也打破了过往的宁静，有了喧嚣的涛声，并有了"长寿河"的雅称。

有一年春天，我受邀去参加听取广西壮族自治区人大常委会制定的关于盘阳河流域生态保护条例意见稿征询会。当时，看着一条条关于家乡河流的保护措施，我心花怒放。想不到，名不见经传的河流，将被省级地方性法规保护起来，其地位与声名不同凡响。2015年5月，广西壮族自治区第十二届人民代表大会常务委员会第十六次会议正式通过了《广西壮族自治区巴马盘阳河流域生态保护条例》，故乡河流终于有了坚强的护身符，众多曾经对盘阳河抛出或者留存的那些担心，将不复存在。

1990年的夏天，我第一次零距离接触盘阳河。大雨过后的盘阳河，已经涨到了最大流量。虽然河水已从浑浊状态转清，但其宏大的场面，还是震撼了我。当时，我们踩单车从县城出发，朝着县城附近盘阳河最为宽阔的河面，准备来一次游泳。记得那是一位同学的老家所在地。我们穿过村庄，朝河而去。路上，有几株红豆树，红得发光的红豆撒得一地都是。我们便躬身拾捡红豆。那些鲜红、饱满而且坚硬的红豆，在手掌间光滑而动人，让人心生爱怜。来到河边，我顿时发觉河面宽阔无边。是啊，我才从乡下进入县城读书，才从赤足即可蹚水而过的三岔河边，来到这浩渺的盘阳河畔，我的眼睛和内心，顿时害怕了，行动也随之退缩。盘阳河还算不上大江大河，但因为正是洪水时期，又因为我们所处的位置恰是江面平缓辽阔的地段，可以用一片汪洋来形容。

从小学开始，老师就警告我们：欺山莫欺水，欺山能登顶，欺水落到底。

我那粗浅的水性，如何能畅游于江河，哪来底气敢凫水于滔滔江面？

便不敢脱衣下河。看着同学们自由自在地游泳嬉戏，我只能在河边湿了一下双脚，算是和盘阳河亲密接触了。之后，我上到岸边，在寂寞聊赖中，独自细数和摩挲口袋里的红豆。

那年秋天，我第二次和盘阳河亲密接触。

我们秋游的地点，就在盘阳村附近的河段。盘阳村离县城七八公里，位于整条盘阳河的中段。我当时就想不通，这么一条河，从上游流下来，途经那么多村庄，为什么偏偏以中游的一个村庄名字来命名呢？但反过来，也许是先有河流之名，随后才有村庄之名呢？都未尝不可。

河上有一座小型水电站，名叫盘中滩水电站。我们就在电站的上游处的滩涂，起灶架锅。秋游期间，带队的班主任潘怀理老师，一直告诫我们不要下河游泳。其间，我们都在遵守老师的告诫，循规蹈矩，不越雷池。可是，秋游结束，在老师同学们返校的时候，我和几个同学却悄悄留下来，脱衣入河，开始畅游。说老实话，我之所以终于敢留下来游泳，是因为我知道这是一片滩涂，河水浅，流速慢，危险性不高。不过，看似安全的地方，却仍然存在着危险。刚下河时，有经验的同学就提醒大家，千万不要游到电站引水渠道的入水口。

但是，还是有同学误入了危险地段并遇到了危险。

虽然已是秋天，南方的气温还是很高。大家想入水游泳的想法很强烈。可以想象，当时洪水刚走的盘阳河，水流还如此湍急，我的同学们都敢下河。何况连我看来都不存在危险的河段，我的同学们怎能善罢甘休？之前，主要是碍于老师的一再警告，也碍于女同学在侧，大家才忍而不发。

浅滩往下，是一个小型的水坝。坝不高，水也不深，危险性不高。唯一危险之处，在水电站的引水渠与水坝的交接处。交接处流入电站引水渠的水流突然加急，水性不好的人一旦误入，就是踏入危险之地了。

我的一位同学，就误入该境，遇到了危险。记得当时我们已经起身准备离开，那位同学却还在游，而且越过雷池，进入电站的引水渠道。他的水性不好，被激流冲刷时，就挣扎着往上游，想不到越游越没有力气，内心就更加恐慌，被激流冲刷到引水渠内。要知道，那个引水渠是依土坡而建的，一边是土坡，距离河面很高；一边是渠墙，在斜坡对面。关键是引水渠又宽又深，水流湍急，我们谁也不敢跳入水中去救他。看着他老是往上游挣扎，一位同学大声提醒：快仰泳，快仰泳。我们一边呼喊，一边沿着土坡往下游奔跑，希望能在下游救到他。真是无巧不成书，我们竟然在奔跑中发现了一根长长的竹竿，然后又在下游发现了一座小桥，我们扛着竹竿，跨过小桥，来到水渠的另一边，伸着竹竿等着他。我的同学还十分清醒，便朝着我们的竹竿方向游过来。他抓住竹竿，稳住身子，脸色发青，喘息厚重。

我们都被突来的惊恐吓得一身疲软。

后来，下游的岩滩电站封水发电后，盘阳河水位上升，致使盘中滩电站被淹没。不过，盘中滩、盘阳河留给我的记忆，就是如此深刻。

之后的一个暑假里，我又随同住在盘阳河中段甲篆乡金边屯的同学，回到其老家居住。盘阳河在那一段流程中，衍生出许多景点，百鸟岩最是盛名。记得我们游览百鸟岩时，百鸟岩尚未进行旅游开发，出行自由。金边屯有一个金边电站，村子左边有一个水坝，其实水坝也是连接两岸的一座桥。我们爬上水坝，进入盘阳河对岸，沿着金边水库走五六百米，便能望见百鸟岩的洞口。立足望去，高大的洞口气势恢宏，吞吐着深不可测的绿油油的江水，让初看的人心里难免生畏。真来到洞口旁边，才发现悬崖底端接近水面的洞口，以一面半圆形的姿态横跨于河面，半圆倒映于静谧的江水中，又构成了一个半暗半明的正圆，生动而逼真。此处河面宽平，从山洞里流出的河水，经岩洞的过滤，水流静缓，水色碧绿，水意深邃，让我的心里升腾起一股紧蹙，小小的心脏一时承受不了眼前的壮阔。听说，从凤山流下来的盘阳河，百余公里的流程，却四出四伏，这百鸟岩就是最后一处伏流的出水口，也是唯一能划船而入的伏流岩洞。当时的百鸟岩尚未进行旅游开发，没有游船，只有几只竹筏凌乱地漂在岸边。我们划着竹筏进入神奇的百鸟岩，进入洞口便下船，登上竹子铺成的竹子路。村里人竟然用竹子在水面上铺成了一条竹路，竹桥已经固定好了，一直从洞口往洞里延伸，延伸到岩洞的另一端。看得出，竹路有些年月了，竹子已经陈旧，一些鲜嫩的竹丫从竹节间冒出来，显示着生命的顽强。我们从竹筏上下来，沿着竹桥往洞里小心翼翼前行。越往里走，黑色就越来越浓厚，我们打开手电筒，微弱的光便在墙壁上反射出来，成群的鸟便翩翩飞舞。翅膀扑扇出的响声在岩洞中回荡。熟悉情况的同学介绍说，这里边有成千上万只蝙蝠和燕子，燕子不是家燕，而是岩燕，专门居住在岩洞中，也正因为此，大家才将这个岩洞叫百鸟岩。越往里边走，黑暗就越发沉重。不久，同学提醒我们抬头。我抬头往上，就发现一轮明月悬挂于天穹。太逼真了，那是岩洞顶端，有一处天窗。因为岩洞太高，加上光线不好，我们一时无法判断，那个天窗有多大。就像我们看不清，月球到底有多大一样。但一轮明月的模样，却一直镌刻在脑海中，挥之不去。岩洞中水面上的竹路，其通向的另一端是一个巨大的天窗，还处于黑暗中的我们，远远地就能沐浴到前方的光明。来到天窗处，便能感受到空气的清爽、植物的茂盛。天下奇观，尽在眼前，后来，有人根据这一天窗，为百鸟岩安置了另一个名字：水波天窗。

那一次，我还在同学家吃到了已负盛名的盘阳河油鱼。这可是真正的油鱼啊。同学的父亲，从城里的一个工厂内退后回到家，便每夜在家门口的河水里布上一张渔网，第二天起来去收网，每次都会有大小不一的收获。盘阳河的油鱼，一般生活在阴暗的河段，昼伏夜出，数量极少，但品质上乘，价格昂贵。像我辈能有口福，乃是沾同学之光，沾同学父亲之光，沾盘阳河的光。

我一直清晰地记得，初临百鸟岩时，里边还有成群结队的蝙蝠和岩燕在自由盘旋。作为景点开发后，可惜百鸟日渐稀少，我估计"百鸟岩"的名字被重新命名为"水波天窗"也有这方面的因素。后来，因工作关系，我数次进入百鸟岩。印象中的一次，是在雨后，河水有些浑浊。涨起来的河水，让洞口变得有些矮小了，气势锐减。不过，河面上飘浮的一层薄薄的雾气，让另一番景象升腾了起来。坐上机动船，入洞畅游，历经洞内的"三天三夜"后，蓦然回首，发觉洞口的亮光穿透黑暗，直逼内心深处，让刚刚还身处黑暗、渴望光明重现的想法瞬间变成现实。越逼近洞口，眼前的风景就越逼真。偌大的洞口，已经被水上的薄雾笼罩，纯洁一片。慢慢地，随着洞口的逐渐开阔，映入眼帘的景物越来越多，近处是朦胧的游船，依次是不断变换形状的洞口，稍远处是水上的乳白色薄雾，再远一些是青翠的竹林，更远处则是如黛的青山，最远处则是纯白的天空，这一切所构成的山水画，竟是美得如此任性，如此让人不愿回返。

1994年冬天，在家住甲篆金边屯的同学带领下，我们又去游览了盘阳河暗伏的另一处所在——百魔洞。当时的百魔洞，听说已经被世界的某个联合考察组考察认定，号称天下第一洞。不过，百魔洞还未被正式开发为旅游区，没有任何设施，没有任何破坏，没有行人。我们手持电筒，便开始了百魔洞的游历。在隐隐约约手电光的照耀下，记下了诸如金黄色的万亩梯田、杜甫行吟、孔雀开屏等景点。

多少年过去，现在的百魔洞已经天下盛名。后来，我多次进到洞里游览，因为洞中被人为地改造，我再也找不见"金黄色的万亩梯田"，也找不见"杜甫行吟"，只见水泥铺成的道路、色彩绚丽的灯光和鱼贯而入的游人。

1992年，岩滩电站封闸开始发电，盘阳河水面上升，从赐福村往下，河流变成了湖，成了有名的赐福湖。如今，我的故乡巴马，正接受大地与苍天的赐福，接受世人的赐福。

寿乡有山像马鞍

家乡巴马，因为其历史一直被分割，难以有一段完整的文化复述。有人就说，巴马缺乏历史的延续，缺乏文化的重量。

我不好争辩。要是说这话的人，去巴马的马鞍山走一趟，我们听到的也许是另一番话语了。

寿乡有山像马鞍。这像马鞍一样的山，曾叫岜马山、设劳山，现今被称为马鞍山，位于县城的东面，离县城的繁华地段不过两三公里，主峰海拔713米，是县城一带的最高峰。山上建有土司营寨，但具体始建年代不祥，明清以后得到不断修建，规模日益扩大，曾兴盛一时。

马鞍山，从名字的创意来看，含金量不高。原因之一是这个名字来自山的形状像马鞍，太过直白，缺少内涵；原因之二，这个山名，在很多地方都有，大地方、小地方，只要去查一查，几乎每个地方都存在，像安徽省除了有马鞍山市，还有很多马鞍山，浙江、江苏、新疆、福建等二十多个省市区都有景区叫马鞍山，柳州也有马鞍山。而且大多是名声在外。相较而言，巴马的马鞍山却是偏居一隅，寂寂无名。尽管如此，我还是要说一说这座山，还要把它列为全县的文化遗迹集中地之首。因为，这关乎巴马的来历、巴马的文化，甚至还关乎巴马的未来。

我的老家距马鞍山有一定距离。按照公路里程，是三十多里，垂直距离是多少？我不懂，只好交给现实。从老家的一个山头往东而望，遇上天高云淡时，就会看得见远方的马鞍山。那个像极马鞍的山峰，最初是我祖父告诉我的。我十六岁那年的清明节，在村里王山垭口上的太祖母墓前，祖父用食指指着远方说，大家看，那就是马鞍山。我顺着祖父沧桑的食指，看到开阔的远方，一个马鞍形的山峰，朦朦胧胧地嵌在万峰之上。马鞍山，就这样第一次走进我的视野，走进我的内心。也就是那一年秋天，我升学到位于县城的高中就读，开始零零星星接收到关于马鞍山的气息。

登临马鞍山，有三条路。一条从县城的东面，也就是马鞍山西侧，穿过一个村庄，就进入无人世界。沿着崎岖山路，一直攀升，就会慢慢走到马鞍山的腹地，进入石板路，跨入石门，算是登上马鞍山的胸膛，再拾级而上，就到了马鞍上的鞍部下方。第二条路，则是驾车从县城出发，顺着往金城江的二级路，沿赐福湖行约一公里，再往右折，一直朝着机耕路前进，最后绕着马鞍山东北部的后山腰盘旋，将车泊在路的尽头，再步行而上，五六十米，便到了马鞍山的石门。后面的行程就与第一条路重叠。第三条路，我曾走过一次，是从南侧缓缓而上的，是一条人走多了而留下的小路，有些荒凉。后来没走过，印象不深，不再赘述。这三条路，我曾经在不同的时段历经过，曲折各异，殊途同归。

对于马鞍山，远处眺望，与近距离接触，心情完全不一样。

在一次登临马鞍山时，为了寻找山顶上的泉眼，我爬到了马鞍山北侧的一处平地，在那里仰望马鞍山顶峰时，就能清晰地看到，一座硕大的马鞍，横亘于眼前，那种逼真、伟岸、壮观，让人心中对家乡的风物顿生骄傲，情感加深。

马鞍山，不虚此名。

说到马鞍山，不得不说巴马的历史。其实，巴马的历史很不好说，太散太乱，这里仅仅描述一下其名称的来源。巴马的地域，唐朝以前一直被称为"蛮地"，边远闭塞，人烟稀少，没有行政区划设置，大多数以盘阳河为界被分而治之，没有统一的名称，可谓多变不明。直到北宋崇宁五年（1106）才被纳入土司管辖，在北部一带设置绥南砦，属位于现今南丹的观州管辖。百余年后，废绥南砦，设置羁縻文州和思阳县，属宜州管辖。在历史反复演变中，直到明嘉靖七年（1528），终于有了岜马这一名字的出现。当时，在巴马境内分别设置了岜马、万冈、篆甲三个土巡检司，属现今的东兰、田阳、田东县管辖。后来又有变化，于清雍正七年（1729）又被分割，分属东兰土州、恩隆县（今田东）和百色直隶厅管辖。我的祖先就是在那个时期从湖南芷江县迁徙而来，归属百色直隶厅近二百年。民国时期，巴马分属东兰县、凤山县、田东县、百色县管辖。大革命和土地革命时期，因为巴马为几个地方分而治之，成为当时右江革命根据地腹地之一。1935 年元月，为了镇压革命力量，国民党广西省当局以"开化边民，施政便利"为由，在巴马地域设"万冈县"，县治就在现在的巴马县城。至此，巴马才第一次有了建县的历史。

1951 年，刚解放一年半载的万冈县被撤销县制，所属之地又被分入凤山、东兰、田东、田阳。1956 年 2 月，随着民族政策变化，根据民族意愿，成立了巴马瑶族自治县。"巴马"就源自明朝年间始有的"岜马"一名。而"岜马"是壮语的音译，意思是形状似马鞍的山。就这样，作为长久地名的巴马应运而生。

巴马的历史不长，但韵味却不简单。这些韵味，主要体现在马鞍山上。

海拔不过七百多米的马鞍山，山势险峻，突兀于四周无高山的地段，显得高耸而伟岸。《田州志》中有对马鞍山的记述："山极高峻，周回而上……唐罗隐曾游此，相传石上有骞驴迹。"意思是唐代著名散文家、诗人罗隐曾到巴马游历。这位游历过许多名川大山的文人隐士，有过到广西游历的传说，他要是真到过巴马也不足为奇。所以，明代诗人岑永正就用诗作来表达马鞍山与罗隐的关系："削同太华顶，纡似七盘山。仄登芒鞋滑，悬流瀑布潺。人家临树梢，鸡犬入云间。昔日罗昭谏，骑驴数往还。"诗人把马鞍山比作闻名于世的华山，也把罗隐游历过马鞍山的传说直接入诗，可见他对马鞍山的自信。

介绍马鞍山，不能绕开瓦氏夫人，不能绕开这位壮族的抗倭女英雄。虽然没有确切的证据证明瓦氏夫人率军于马鞍山练兵，但有关瓦氏夫人的故事，依然以点点滴滴的方式在民间流传。

生于 1499 年的瓦氏夫人，是明代广西田州土官岑猛之妻。她从小聪明伶俐，身强力壮，爱好武术，善于舞剑。其丈夫岑猛以及其儿子、孙子相继战死后，瓦氏便一边抚养年幼的曾孙大寿和大禄等，一边处理州事。

《广西通志》记载："嘉靖三十二年（1553），倭寇侵犯我国江浙沿海地区，海滨数千里同时告急。明朝命令兵部尚书张经总督各路前往江浙抗倭。张经曾总督两广军务，深知广西俍兵勇敢善战，于是决定征调田州等地俍兵出征。瓦氏以其曾孙大禄等年幼不能胜任军职，请求督府允许她亲自带兵出征。张经素知瓦氏精通武术，机智而有胆略，便准其所请。"

1554 年，已经五十五岁的瓦氏夫人以"女官参将总兵"身份，率领广西各地组成的俍兵 6852 人，浩浩荡荡开赴江浙沿海参与轰轰烈烈的抗倭战争。

征调到的东兰、那地、南丹各地土司的俍兵，在集结后赶往田州进行统一调度出发时，巴马是这些俍兵的必经之地。因此，为了快捷有效地训练各路兵马，巴马是最好的选择。瓦氏夫人看到了这一点，便在巴马一带训练俍兵。马鞍山建有岑氏土司的营寨，可为训练兵马提供有效的服务，而训练场则选择在马鞍山对面的加轿山上。海拔 636 米的加轿山，与马鞍山隔河相望，形成两头雄狮，扼守关隘，威武有加。现在的加轿山的半山腰，留存有训练兵马的旧迹，其中的跑马道还清晰可辨。而马鞍山的营寨，自明朝以后，地方上的土官不断修筑防御工事，使得其愈加坚固。如今，拨开历史的草丛和岁月的烟幕，我们还能看到马鞍山上依然尚存的石寨门、石墙、关隘、石级、暗堡以及干涸了的泉眼等。而且，巴马人为了纪念瓦氏夫人，还在马鞍山上建起了瓦氏夫人庙。

马鞍山，不仅仅是驻军之地，还曾经是交易市场。因为在马鞍山腹地的一个小山顶，有一小块平地，四周有围墙，曾被作为营寨内设的圩场，便于在几个土司的交界处开展贸易。

据说，设置在马鞍山上的圩场，就是后来山下不远处"巴马圩"的前身。古人记述历史的文字，往往是用点睛之笔。那些惜墨如金的笔调，留给后人无限的想象空间。我们可以循着寥寥数语，想象当时一座山顶上圩场的繁盛和安宁。繁盛是因为作为边界之地，大家需要物资的互通有无，圩场上一定是物品繁多，人群熙攘；安宁是因为圩场建在营寨内，有城墙固守，还有士兵护卫，可以远离盗贼，增加公平，减少欺凌。当然，我还想象，大家还是有一丝紧张的。因为不知道什么时候会遇上一场战争，也不知道回家路上会不会有抢劫的，所以交易须越早越好、越快越好。以至如今，乡下的圩场一般是早上八九点最为茂盛，待到上午10点，圩场已是人影寥寥。

虽然战火已休，硝烟无影，但旧迹还在，这些零星的符号，终究代表了巴马曾经有过的文化星火。

我认为，马鞍山是巴马文化最集中也最具代表性的地方，是巴马历史文化、军事文化、地域文化等集结地，既有文化研究与开发价值，也是旅游的开发之地。经后人总结，马鞍山上有十二景点：一条天街、两道石门、三堵石墙、四角道宇、五座马鞍、六个山包、七面彩壁、八处山洞、九组木棉、十里石级、十一尊奇石、十二口泉眼。马鞍山，不仅自身隐藏着旅游潜力，在山顶眺望，往西、往南可以让心潮随着县城风光的延绵而起伏不断，往北还可以尽情欣赏碧绿的赐福湖景色，实为游佳境、赏风景的绝佳之处。如今的有志者，如能重拾激情，点燃眼光，对马鞍山加以打造，其必将成世界寿乡的打卡地之一。

江山留胜迹，我辈复登临。

如果想去长寿之乡一览风情，想透过马鞍山品味寿乡人文，还得亲临马鞍山，用自己的眼睛和心灵去接触和感受。

感受久了，也许还会有想做寿乡人的打算。

我的家乡，也是别人的家乡，真希望，别人也能有这样的情怀。但愿每一个游子，都能在对家乡山水的牵念中，少一分彷徨浮躁，多一分幸福安悦。

2018 年 5 月

能往前走　便是幸福

山至此而顽，水至此而险。这是徐霞客对广西北部山水状况的描述。

对游遍大江南北的徐霞客来说，看到这样的山水状况，有惊喜也有担忧。惊喜的是他发现了如此广袤的熔岩地貌奇观，担忧的是峰林谷地间的道路一定隐藏着无限艰阻。让徐霞客惊喜与担忧并存的桂北，可谓奇山异水，天下独绝，但交通状况的不堪却又令人愁绪满怀。

所以，多年以后，一位青年才俊也在位于桂西北的旅途中，于出行艰难中真情流露：能够往前走的人便是幸福的！

这是巴金先生的原话，是巴金在《河池》一文中写下的话。

巴金是中国现当代文学史上的一座高峰。他曾经与广西，尤其是与桂林和偏居一隅的河池，有过交集，留下许多美好或者苦恼的记忆。1941年秋到1942年春，在那段飘摇的岁月中，巴金往来于昆明和桂林之间，多次穿梭于桂北、桂西北。1941年9月中旬，巴金携未婚妻肖珊，从昆明途经河池、柳州赶往桂林，筹办文化生活出版社桂林办事处；1942年春天，巴金只身从桂林坐火车南下，先到柳州转车，经黔桂铁路到达金城江，然后从金城江转车到河池县城，目的地是转道贵阳赴重庆。想不到，巴金的这一行，因为随着战事吃紧，往西南方向的人流，如潮水一般，堵塞了整个交通要道。巴金也不例外，被堵在了河池。因为堵车，巴金才能在河池停留了几天，才创作了《别桂林及其他》。正如此，今天我们才能翻开巴金先生的书籍，在白纸黑字间，找到了他笔下记录的那些烽火岁月，也找到了他所见证的较为落后的广西交通状况。最集中的体现，还当属河池。

河池的地理位置独特。抗战时期，河池是一个县，隶属于庆远专区，它背靠大西南，面迎东南亚，既是川黔两省的出海要道，还是历史的"兵家喉地"。抗日战争期间的1941年，从中原、东部撤退至大西南的人群，大多要经过河池。甚至是从香港脱险出来的同胞，也得途经河池撤向大西南，所谓人潮涌动。这有巴金先生的文字为证：

> 在候车处一张大餐桌的四周，人们正在谈论香港的悲剧，从装束、态度和口气，我知道他们是香港脱险出来的同胞。汽车中的血，沙发内的十万港币，舞女的巧计，门前的死尸……还有种种惊心动魄的题目。谈了又谈，谁也不嫌重复和详细。

香港脱险出来的同胞，也得途经河池撤离到大西南，小小的河池，狭窄的道路，如何能承受起不能承受之重？那个特殊年代，穿越河池通向西南的道路仅有两条，一条是丹池公路，一条是黔桂铁路。

丹池公路，是河池县到南丹县六寨镇的一条公路，全长111公里，是连接河池到贵州的唯一通道。河池至南丹的地域，属于云贵高原的南缘，算是高原与丘陵之间的过渡段，地形地貌复杂，不仅修路的难度非常大，而且修好了的路多是崎岖难行。尽管丹池公路弯弯绕绕、曲曲折折，让行路人吃尽苦头，但它毕竟能直通贵州，成为当时西南各省出海的交通动脉。一条丹池公路，透露了河池交通条件的落后，也透露了当时整个广西的交通条件的落后。直到近代，广西的交通一直较为落伍，现代公路发展更是滞后。即使到了民国初年，也没有谁对修路之事提上议事日程。为什么？因为广西的商贸业太落后了。期间，广西主政者派人对广西23个县进行了为期两个月的巡视，发现作为一省之大的广西，"曾无特种制造品物行销外省，亦无特设工厂收纳贫民，其窳可想。人民生计大半在农"。当时的广西，只有梧州、龙州、南宁三处口岸，而龙州、南宁两埠，几乎没有外来交易，商务很不繁荣。梧州商埠较为繁盛，但又受到欧战影响，交易额大幅减少。而广西其余各地，几乎都是寻常贸易、小本经营，还根本算不上商务。商业贸易的发展，必然与交通运输业的发展关系很大。这一巡视之后，因为"货畅其流"和军事调动、政务联系等方面的需要，广西当局才重视交通事业的发展。发展交通，当务之急就是修筑公路。1915年底，陆荣廷派遣陆军工兵营，开始修筑从南宁经武鸣直到他老家的宁武公路。该路全长52公里，是广西历史上第一条真正意义上的公路，尽管条件不尽如人意，毕竟为广西建起了第一条近代公路。至此之后，龙州至水口关、龙州至镇南关的公路也相继修筑。到新桂系主政广西后，李宗仁、白崇禧、黄绍竑等较有远见，认为只有改变山川梗阻、道路崎岖的落后现状，才能发展经济和各项事业，进而达到巩固政权的目的。从1925年开始，在黄绍竑的主持下，提出了修路计划并大力实施。不久之后，贯通邕、柳、桂、梧和各重要城市的公路相继修建，形成全省公路网的雏形。不过，众多的公路中，没有涉及河池的任何地方。30年代初，新桂系再把交通事业列为"要政"之一，再兴筑路之事。到这时，北横干线上才有了凤山、东兰、河池、宜山的份，纵干线上才有了南丹、都安的份。所谓的连接广西与贵州的丹池公路，就是这个时候有了雏形的。

为此，我们通过巴金先生的记述，再现了当时河池交通状况的恶劣，从中窥见广西乃至全国交通状况的疲软，看到多少人在这样的交通线上奔走，还可以看到无数人在渴望向前而行，感受能前行时内心中荡起的幸福之情。

巴金先生从桂林途经河池转道贵州，是在金城江火车站下的车。他原本是再乘火车前行的，不知因何故，他改变了主意，决定换乘汽车北往。试看他的记述：

> 我雇了挑夫把行李挑到铁路宾馆去。但是我的箱子刚挑到检查处等候检查的时候，我忽然改变了心思，从检查处出来，我吩咐挑夫跟着我去汽车站。去河池的车票刚刚卖完，车子还没有到。我拿着一封介绍信去找一位办事人，他意外地替我买到一张最后的票子，并且叫人把行李给我过了磅，让我在候车处安心等着开车。

让巴金先生改变主意的，是当时金城江到贵州的火车还没有顺利通车，时断时续，极不稳定。

抗战开始后，当时的国民政府考虑到战略需要，急需开辟出海通道争取外援，巩固以陪都重庆为中心的大后方，便拨付资金修建两条与广西密切相关的铁路。一条是湘桂铁路，由衡阳至镇南关；另一条就是经过河池的黔桂铁路。黔桂铁路南起柳州，北到贵阳，全线六百多公里，是西南地区第一条准轨铁路。1939年8月，广西省政府征调沿线民工，开始了黔桂铁路的建设。广西和贵州沿线前后征发民夫十余万人，以简单的工具开山架桥筑路。因筑路官僚贪污腐化，克扣粮饷，工头肆意欺压民夫，加上匪患频繁，致使工程时停时续，直到1940年年末，柳州至金城江的铁路方始建成。金城江通往贵州的路段则是断断续续通车。到1943年2月，柳州至贵州省边界的铁路才顺利接通，而柳州至贵阳的铁路直到1945年才全线通车。

所以，巴金先生才更改出行方式。但是，出行的方式极不顺畅。因为涌入金城江的人数太多了。巴金先生第一次到金城江是1941年下半年。半年时间里，因为云集金城江的人突然数十倍地增长，金城江的变化也随之增大，让时隔五个月的巴金先生重访时，有了恍如走错地方的感慨。当时的金城江虽然只是一个小镇，但却是重要的交通咽喉，转移、滞留了无数的避战、流亡和生意人群。从中也可以看到，当时通向大西南的通道是多么的吃紧，多么的让赶路之人感到无奈。所以最后，巴金先生留下慨叹：

车还没有来，这班车是先由河池开来，再开回去的。现在它脱班了！在我快要等得绝望的时候，车子到了。河池来的客人下了车，我们再依次序上去。我坐在司机台上，但是地方相当窄，连转动身子也不方便，可见车内的拥挤了。摩托叫吼，车轮跟着滚动，一阵难闻的汽油味扑上我的鼻端。我这样地离开了金城江。

估计，和大多数人一样，巴金先生也是带着痛苦的回忆离开金城江的。带着痛苦记忆离开金城江的巴金先生，第二站便是河池县城。因为不通火车，作为一个县城的河池，更是云集了再次转车北上的人们。透过巴金的记述，我们知道，当时的公路车一个星期只开两次，而从桂林、金城江不断地运来一车一车的人，填塞在小小河池县城的各个旅店里，大小房间都装满了。大家都很急躁，很担心不能及时撤退到相对安全的大西南，便争相到车站，希望有机会能早一点出发。看得出，巴金先生当时也有同样的想法，只是他作为一介文人、一介书生，不好和其他人一样直接表露，只好用散步、写信、看书和到汽车站徘徊来打发不能早日前行的茫然。这从他的记述可以看得出：

为了等车子我得在这里住四个夜晚。在一个比较干净的旅舍中我开始了单调的生活，每天散三次步，吃两顿饭，睡两回觉，其余的时间，我便用来写信看书……散步的时候我常常走到汽车站，在那里徘徊十几分钟，每天我都遇见好些熟悉的面孔，可见到那里去的人并不止我一个。不同的是，我在那里不讲一句话，别人去不断地询问、恳求，甚至哀求。这些办法并不是完全没用处。不过白费精神的却不在少数……每天到处都听见人在问："有房间没有？"在每个旅馆门口人们互相问询："找到车子没有？""你等了几天？""找车子好伤脑筋啊！"倘使听到一句"我明天走！"或者"我后天走！"（多么骄傲的一句话！）谁都会用美慕的眼光看那个说话的人。不管他坐的是什么车，能够往前走的人便是幸福的。

在河池县城，通往贵州的班车少之又少，登记乘车的人却又太多，使得很多人心生怨怼。不想白费精神去汽车站询问、恳求的巴金，便寓居在临街的一家旅馆里，一边等待车票，一边读书、写作或者翻译外国文学。透过历史烟尘，我们仿佛看见：一位儒雅的作家，坐在窗前的椅子上，伏案翻译王尔德的童话《自私的巨人》，偶尔抬头，不时看一眼雕花的窗棂，窗棂上的花朵雕得粗糙，又涂着朱红的颜色，缺少艺术品位。透过窗棂就会看见楼下街边的石榴树。暗红色的石榴树叶子，密密麻麻，不少还覆盖了一层尘土。往前，就是公路，公路也是大街。即便是微风轻抚，街道上也会弥漫起不少的尘土。在这样的小镇上，巴金先生每天都醒得早，醒来后就沿公路散步，再转到山脚，去听绿树上群鸟的歌唱。散步回来，在旅舍中的小屋内，又在明媚的阳光映射中读书、写作。

在散步的时候，巴金先生时常会走到丹池公路殉职工友纪念塔前，对一些因修路而献出生命的工人表示哀悼：

今天傍晚，我去看了"丹池公路殉职工友纪念塔"，这不是什么伟大的雕刻，然而它抓住了我的心，它是伟大的牺牲精神的象征。我不认识那些陌生的名字，他们更不知道我。但是如果没有他们的血汗，我怎么会跑到这里来？又怎么能够往北去？望着这块刻上许多不朽名字的纪念塔，连我这个渺小的人也怀着感激的心思掉泪了。"明天我就要踏着你们的汗迹、血印往前走了。可是我又有什么报答你们呢？"我揩着眼泪低声说。不仅是我，许多经过这条公路的人，都应该拿这样的话问自己。

在河池县城的西北面，就竖立着一座"丹池公路殉职工友纪念塔"。巴金先生说的"今天傍晚，我去看了丹池公路殉职工友纪念塔"，那一晚，是1942年3月18日晚。遗憾的是，该塔已被损毁，销声匿迹。

不过，我们可以循着巴金先生的笔迹，窥见到1933年，两万余名民工组成了修筑丹池公路的大军，用手挖肩挑在悬崖峭壁间、原始森林中修建丹池公路的情形。《河池交通志》记载，丹池公路在一年多的施工期中，由于路线经过大石山区，工程困难艰险，伤亡事故时有发生。加上供给困难，生活艰苦，缺医少药，病亡者也不少，共一百五十余名修路工人为此献出了自己宝贵的生命。位于南丹县六寨镇的中山公园内，有"丹池公路落成纪念碑"，并有两块丹池公路殉职员工纪念碑，上面密密麻麻地写满了殉难员工的姓名、祖籍、出生年月，虽历经八十多年的风雨洗礼，名单仍清晰可辨。这些殉难者，年龄最大的七十二岁，最小的十六岁，其他大多是二十岁、三十岁的青壮年男子。

可是，为修筑丹池公路遇难的，比起修筑湘桂铁路、黔桂铁路的遇难者要少得多。《广西通史》记载，湘桂铁路的柳南、南镇两段员工伤病人44447人，死亡1482人；黔桂铁路广西段员工伤病人38339人，死亡1454人。

巴金先生当时没有看到这些数字。"望着这块刻上许多不朽名字的纪念塔，连我这个渺小的人也怀着感激的心思掉泪了。"要是他看到广西人为黔桂铁路作出的牺牲，该又是何等的伤感？一定是比"怀着感激的心思掉泪了"更加悲伤。

我不知道，巴金先生是否如期登上了开往贵州的汽车，也不知道他当时的情况如何。但是，从沿途的状况看，他一定能体会到白居易初出蓝田的心情：停骖问前路，路在秋云里。苍苍县南道，去途从此始。绝顶忽上盘，众山皆下视。下视千万峰，峰头如浪起。

不管巴金先生一路的行程如何艰难，但他一定体会到能够往前走便是幸福的。这种幸福感觉，估计现在和将来，行路之人都会感同身受。所幸，巴金先生为我们记述的是久远的过去。随着巴金先生的记忆的后延，丹池公路、黔桂铁路，以至于整个广西的交通，发生了翻天覆地的变化。二级公路、高速公路、快速铁路、高速铁路，已经构筑成广西发达的交通网络。

处于重要战略地位的广西，在实施"一带一路"过程中承担着重要的历史使命，积极构建面向东盟的国际大通道，打造西南中南地区开放发展新的战略支点，形成21世纪海上丝绸之路与丝绸之路经济带有机衔接的重要门户，是广西责无旁贷的光荣使命，也是面对今后发展的优势条件。新时代面前，广西不仅能往前走，还会朝着美丽的前方，阔步向前。大道之上，脚步坦然，心生幸福！

2018年5月

一九六二年的瑞雪新房

祖父计划建一幢房子，一幢有三间正房的木瓦房。

那是 1961 年农历八月，祖父当年三十八岁，正值壮年。按照祖父当时的年龄、阅历和气力，建一幢房子不是难题。问题是，祖父萌芽新房梦想时，正值困难时期，温饱都难解决，建房子谈何容易？但当时的现实情况是，祖父一家人的住房已经破败不堪，连修补的价值都没有了，一场大风、一场大雨随时就能将之摧毁，另择良地建房已是迫在眉睫。吃饭虽要紧，性命更攸关。

而且，一个男人，一生一世，至少是要建一幢房子的。

人和动物的区别，就在于人在醒着的时候也会做梦。建一幢属于自己的房子，是每一个人醒着的梦想。

空有梦想还不行，还必须要撸起袖子加油干。祖父思忖：健壮之年不干，留待何时？

先谋而后动的祖父，及时向生产队口头汇报了建房的想法，想不到很快就得到批准。大家都看得见，祖父家的房子确实破败得不堪入目了。加上祖父祖母，善良无争，勤恳老实，得到了大家的同情。

建房子，得一步一步来，和吃饭一样的道理，得一口一口地进行，也像走路，需要一步一步地向前，勿急勿躁，循序而进。

祖父利用放活路之后的时间，进到山林，物色木头。祖父头脑中的房子，是四列，三间正房，两侧各一个厢房，我们当地叫作偏刷，一侧厢房做牛栏马圈猪舍用，一侧可放置磨子、累子和堆放杂物。正房四列，需要的木头较多，这是主料，也是耗时最为长久的。经过盘点，需要中柱四根，这是顶梁柱，是最关键、最硬核部分，木质必须上乘，而且高度、硬度都有讲究，所谓中流砥柱也是如此；然后依次是其他不同高度的柱头共十六根；再然后便是横梁，其中六根主梁，木质同样上乘，其余便是穿方和檩子，檩子之上便是瓦条。细数下来，发现木材的用量还真不是小数目。要备下这么多木料，得有大半年。祖父就是利用早出晚归的时机，把这些木料一根一根准备好，不能有差池，尤其是柱头和几根主梁，一旦挂一漏万，都会严重影响工程进度。

中柱和其他柱头，都是大木头，需要很多人力。为了节省力气，先得把树木放倒，然后按照尺寸，将木头截断，削去树皮，待风干。进入9月后，天干气燥，木头放上一两个月，水分锐减，便可讨活路来帮忙抬回去，先放入烂泥塘浸泡，这样能防虫蛀，没有这个环节，以后木头必然会被虫蛀，危害很大，也造成返工的难度加大，要是中柱受损，几乎没法替换，房子就相当于报废了。

木料准备得差不多了，就开始往下的一个又一个环节。先是凿柱头，就是在每根柱头上凿出不同的眼孔。凿柱头得从中柱开始。中柱有四根，其中两根是中堂的主柱，笔直滚圆，先从它们下手，哪个眼孔是科横梁的，哪个眼孔是科穿方的；哪个眼孔是科全榫头的，哪个眼孔是枓半榫头的，这些一定要事先标注、测量好，然后才定墨，再然后是下凿，千万不能出错。这个环节出错，就会毁掉一根中柱，既而会让建房的大事被搁置或者延误，时间至少大半年。当时的祖父，之前只是独自做了些犁铧、桌子、板凳之类的小手工，最多也是修补当时居住的茅草房或者以小工的身份帮别人家建房子，没有担当过大房子的建设。建大房子，是需要大师傅的。没有钱请啊，祖父只好自己硬着头皮干。祖父买来角尺、墨斗和大小不一的凿子，亲自上阵，摸着石头过河。叮叮当当一个多月后，每根柱头上需要凿的眼孔基本凿好了。往下便是做穿方。穿方就是连接本列以及相关柱头的厚木板，书面讲的是榫铆。从地面开始，到楼面，再往上，都要通过穿方把关键的柱头连接起来，如此才会将柱头与穿方形成整体，形成房子的基本结构。后来学下围棋，发觉每颗棋子都要身手相连，才能形成强大的气场，又才能稳固自己的地盘。古人发明的穿方原理，与围棋的原理如出一辙，穿方连接柱头，就会共同围护出一方主人的地盘，成为主人活动与生存的空间。做穿方也是一项力气活，需要把一根又大又长的木头，横在木马上，用墨线定好墨后，就用锯子慢慢分解出厚约四厘米的木板。一根木头，可以做到三四匹穿方，来来回回要拉锯无数次，一般体力是难以胜任的。穿方做好了，就可以把五根柱头串联成一列，我们叫作列子，也叫大山，是一堵墙的基本架构。一旦四列列子做好了，就开始等待一个伟大时刻的到来。

这个伟大时刻，就是把房子立起来，就是所谓的上梁大吉仪式。

上梁的步骤有点复杂。比如，要在选好的屋基上，定好柱头的立足点，确保它们都要处在同一个水平面，这个难度不小，需要提前拉好水平线，固定柱石。一旦看好良辰吉日，就得挨家挨户讨活路，亲戚多的还好，大家都会围拢来帮忙，亲戚少的，就得上门去讨活路，过后还要想办法还活路。

关键还是得请主持上梁大吉仪式的先生。帮工的人数够了，安排好各自的位置和职责，然后众人把原本平躺在地面的四列列子一列一列地立起来。这个是力气活，也是技术活。一帮人，有的拉套在列子上的绳子，有的用木头来支撑。立列子，需要一气呵成，不能中途出错，更不能让眼看立好的列子倒下，倒下的结果，不仅寓意不好，而且还会让柱头折断，会功亏一篑，更危险的是怕伤着人。所以，必须是万无一失。

四列列子竖立好了，再用穿方从地面到楼面把四列列子稳固起来，这样，穿方就把房子间隔出数个房间来，以堂屋为中心，之后是正房，之前为吞口，吞口稍前就是廊檐。列子竖好了，房子已经稳固牢靠，可举行上梁仪式了。

上梁的仪式，在中华大地随处可见，意义相似，但内容有别，形式不同。我们祖上于清朝乾隆年间从湘西的芷江县迁移至桂西北，很多习俗也沿袭下来，其中的上梁仪式也如此。背井离乡的先祖，跋山涉水，千里迢迢，到远离故乡的异地他乡过上了另一方水土的日子，但乡音不改，习俗难忘，在缺失文字记述的情况下，依然把嫁娶、建房、生育等重大事情的仪式，做得郑重庄严，风神不损。

仪式其实还是一种文化。去除一些确实存在的糟粕、奢华与浪费，很多仪式是一种文化的传承。仪式是一种宣告，是一次总结，是一场告慰，也是一句承诺、一片尊重。在仪式上，内容都是对自然的感恩，对长辈的敬重，对亲朋的诚谢，对幸福的渴望，对人生的祝福。比如结婚时的"押礼"环节，我看过这个场面。迎亲队伍辞别男方家去新娘家迎亲时，负责迎亲押礼的先生要唱"告夫家"，在进入新娘家前，先来一排"迎亲歌"，内容几乎都是来自古书里的贤文。还有就是建新房。房子是劳作后的归宿，是风雨来临时的港湾，是人一辈子的依托，寄托着无数心愿，确实需要一个仪式来增强内心的充实。

生活是要有仪式感的。但是现在的人们，总是嫌麻烦，在一些人生的重大事情上，以吃喝为主，浪费钱财，失去了敬畏之心，失去了文化内涵。时间会流逝，岁月会苍老，事物会消亡，情感会淡漠，但仪式永远光亮而鲜活，永远会活在当事人的记忆中，持久不绝，潜藏于心，甚至还会常挂于嘴畔，直至终老。

建房子，是人生的大事，是该有一个隆重而又俭朴的仪式。

我曾经多次在现场目睹过上梁仪式，有的繁杂，有的简约，但它们都成了我成长中的记忆，深刻而悠远。

1962 年的那场仪式，我只能通过祖父母的记忆来重新演绎一遍。

上梁，大家在乎和集中的是主梁。主梁在中堂正顶端，木头要选最好的，经济条件好的还适当给主梁上上漆，一是防虫，二是醒目好看。不上漆也可，但系上一块红绸布是必不可少的。

系上红绸布的主梁，显得熠熠生辉，在现场亲朋好友、团邻四近的注目下，上梁仪式便开始了。

两边的列子上，安排好的人员，已是准备就绪，跃跃欲试，只待主持人口令一下。

主持人一番操作后，开始声情并茂地念唱起来：

吉日良辰，此地开张。

瑞星到此，大吉大昌。

年开月利，起建华堂。

千里听见华锤响，双脚赶来进华堂。

一进华堂观四方，主家坐得好屋场。

华堂修得好，百根顶梁柱，九十九匹大穿方。

抬起头来打一望，紫星高照在中堂。

偏起头来打一望，中间有张桌子放。

一张桌子四四方，珍珠玛瑙摆中央。

别人摆起无用处，主家摆起要上万代中梁。

这是上梁大吉的第一回合，叫开场歌。大家还在期待第二回的上梁歌：

今日天晴来上梁，主家修建好华堂。

华堂修在龙口上，大家齐心来上梁。

上一步，一帆风顺；上二步，双凤朝阳。

上三步，三元开泰；上四步，四季兴旺。

上五步，五谷丰登；上六步，六合同光。

上七步，七星高照；上八步，八马到堂。

上九步，久长万代；上十步，十全十美。

上梁大吉千秋顺，荣华富贵美名扬。

然后，就是梁尾歌。祖父、祖母年事已高，对梁尾歌的念唱已经无法复述。但我的父亲知道。他还记得当时建房的诸多情景，因为当时他已经是十一岁的少年了。后来，他把我们那一代的上梁仪式念唱的内容抄写在本子上，成为我的借鉴。但我发觉一些内容衔接不太好，也不够生动，遂又参阅了湘西的上梁仪式歌，那些内容与我老家的大同小异，加以借鉴，便为我今天的叙述增添了不少生动的色彩：

太阳出来暖洋洋，主家建成好华堂。
华堂放出金银光，主家邀我唱栋梁。
一唱银来银光闪，二唱金来金生光。
三唱贵子早日生，四唱后辈代代兴。
五唱五子登科座，六唱六位六高升。
七唱七星团，七星北斗坐团圆；
我问七星坐好久，七星说能坐一万年。
八唱八洞仙，八洞神仙下凡间。
九唱九龙口，九把红伞不离手。
十唱十全美，恭喜主家人财大丰收。
手拿斧凿手搬花，荣华富贵谢主家。
手拿斧凿手搬天，贺喜主家富万年。

热热闹闹的氛围中，正梁已经上好了。旁边的两根梁，也安放妥当。一幢房子的框架就这样矗立起来，一家人内心的力量也被激发出来。祖父流露的是一番英雄豪气，祖母却是掩面而泣，不论是哪种情绪，都是付出之后的辛苦与幸福表达。

就在祖父心仪已久的地基上，他计划中的房子，终于挺立起来了，虽然还只是框架，但已经是胜利在望。

祖父重新选择的地基，也是他自己寻找的。原来居住的地方，太过于靠近大山，不仅危险而且视野不开阔。祖父就在距离老房子五六百米远的地方，选中一块宅基地，向上一申请，又很快被通过。

祖父眼中的屋基，是好地方。多年以后，他还提及此事，他说，你看，面朝文笔峰，后靠大青山，右边白虎伏地，左面青龙欲飞。我说，这一寨子，好多人家都是这样的朝向啊。

趁着人手多，马上进行下一个环节。先是上檩子，然后钉瓦条，最后是盖瓦。分工明确，节奏畅快。

瓦片是生产队烧的，大多是出自祖父的手。

祖父对这个瓦片的来临，记忆最为深刻。那时候，每到秋天后，地里的农活少了，生产队就要抽调一帮人去烧瓦。其中有我的祖父。烧一窑瓦，要付出沉重代价。

我们村分为两个片区，一片是石山区，一片是土山区。我们居住地在石山区，周围种植玉米、黄豆、火麻；土山区则无人居住，主要种植水稻、木薯、红薯、芋头、油茶树，土山区的土质黏性强，适合烧砖烧瓦。但是，从居住地到烧瓦的地方路途崎岖、遥远，全部是翻山越岭。烧瓦的时候，大多是冷天，最难受的是踩瓦泥。祖父记得，在田地里，先是用牛把田地犁松动了，然后再耙一遍，最后就是人工上阵。脱了鞋，赤脚去踩泥巴，像和面团一般，把原先松松软软的泥巴踩得富有黏性和弹性。踩瓦泥本身不累，辛苦的是双脚。寒冷的冬天，泥水冷得彻骨，双脚穿插进去，把人刺痛得咬牙切齿、浑身发颤。踩了一天又一天，直到踩够一窖的用量。瓦泥晾干了，就开始用瓦模制成泥瓦，然后又要把泥瓦扛上瓦窖。就是在来来往往、反反复复的烧瓦过程中，祖父原先挺直的脊梁，逐渐变得有些弯曲了，成了驼背一族。我记事后，曾问过祖父，怎么就成了驼背？祖父说，烧瓦。祖父的回答很简单，但是我的记忆深刻。每次在影视中看到驼背大叔张嘉译，我就想起祖父，他们微驼的背影、迈出的步姿、摇摆的双手，有很多相似之处。

进入庚子年的祖父，已经九十七岁了。他在回忆这段往事时，还撩起裤腿，让我看看他的脚踝。他的两个脚踝已是乌黑一片。他说，就是踩瓦泥时落下的。幸亏，伤到的只是皮肤，没有伤筋动骨，不然祖父何以现在还能上山下地？

瓦烧好了，队里对烧瓦人的奖赏，就是给每家一些质量次等的瓦。好的瓦属于生产队，由生产队的马驮回寨上。个人分到的瓦片还存放在瓦窖旁，只能由自己挑回去。山高路远，祖父、祖母就每天挑一点，后来父亲也能帮一些忙，日积月累，终于集够了半幢房子的用量。盖瓦时，出现争议。有人提议用现有的瓦，先盖中堂一列，两边盖茅草，保证中堂前后不漏雨。祖父不同意，他说，还是要讲面子，前半部分盖瓦，后半部分盖茅草。

历时一年半载，祖父的新房终于落成。从正梁划分，前面盖的是瓦，后面盖的是茅草。尽管还有欠缺，尽管祖父的美好计划被打了折扣，但从前面看过去，看到的仍然是一幢完整的瓦房。工工整整，堂堂正正，吸人眼球。当时，村上的大多数人家，都还住在纯粹的茅草房里。

爱面子的祖父，总算找回了不少的颜面。

受年代影响，为了一家人的安稳栖身，祖父的谋划与行动，已算得上是苦心孤诣、胼手胝足了，很不容易。自古以来，拥有安稳的住房都不是易事。现今时代，一个普通家庭，实现有一座房子或一套房子或一间屋子的愿望，虽然不用筚路蓝缕，但也要经过一两代人节衣缩食的努力。

向我回忆往事时的祖父祖母，虽然年迈体弱，但还是耳聪目明，记忆力正常。在我问及当年建房的情况时，两位老人对此刻骨镂心，如数家珍，细节繁枝，历历在目，仿佛就是昨日重现。老房子后来多次加固、拓展、装饰，一直到推倒重建。对于后来的时光，祖父祖母言语不多，说明后来的诸多动作，困难程度太低了，于他们来说，上不了心，入不了神，出不了口。

1962年腊月二十二，桂西北下了一场雪，那是十年不遇的一场大雪。一场真实的大雪，让那个久远的冬天世界，变成一片洁白。

祖父原先居住的老房子，没来得及拆除，却承受不了一场雪的重量，竟然倒下了，完成了其历史使命。祖父和他的叔父两家人原来住在一幢砖瓦房里，村里人称火砖房。"火砖房"这一名称，是我在杨氏家谱《弘农堂永世长存》里看到的，在我祖父名字后面的介绍里，有一栏就写着"生于上寨湾里火砖房"。火砖房是祖父的爷爷建造的，是一幢三层建筑，由火砖、石头、木头、青瓦构成，牢固实用，还有一些气派。那些年月里，族上的一个太姑婆，嫁给一个居无定所的光棍汉后，祖父就帮她在火砖房的不远处建了三柱两间的茅草房。想不到政策一变，祖父的一大家子被迫搬出火砖房，搬到旁边他自己建造的茅草房里，原茅草房的主人加上村里的另外两户，三户人家则搬到火砖房居住。祖父的人生来了一个大转弯。这一转，将近十年，祖父动弹不得。十年里，茅草房虽然被祖父一次次加固和扩展，但在风雨中飘摇，几次眼看倾覆，不想却一次又一次挺了过来。

这一次，茅草房终于在风雪中倏然倒下。所幸的是，祖父带领一家人，已经搬入新居，躲过了灾难。

而瑞雪中的新房，稳健而踏实，它用坚挺的脊梁担负重量，用厚实的瓦片阻挡雨水，用密封的木墙抵御寒风，用开阔的怀抱接纳亲人。

那场雪，是祖父人生中的瑞雪。

2021年11月，刚迈过九十八岁生日门槛的祖父，无疾而终，寿终正寝。如今，年底的天气骤然转冷，似乎又有一场大雪来临。祖父亲手盖起的瓦房，已消失于历史烟云，但印迹尚存，精神犹在，哪怕冬雪笼盖四野，也盖不住它曾经的鲜活。

2019年8月初稿，2021年12月改定

一江穿城四峰秀

一江穿城，四面秀峰。这是金城江的概貌，很简易、很平常，不哗众取宠，不好高骛远。不过，这又基本把金城江的特点勾勒出来了，适合小城该有的味道。

从长远的眼光看，将金城江这样的小城选择成为一座设区城市，实在是有点难为这座小城，让她增添了不应该有的压力，好像让一位秀气娇小的女人，承担起一个大家族的负担。

这个世界，不缺城市，不缺规模超大、气势豪华、魄力无边的大都市，不缺历史悠久、文化厚实、盛名远播的古老名城，也不缺魅力独具、浑然天成、玲珑秀气的小城。金城江属于后一种，是规模超小的一种，浑然天成、玲珑秀气，所以，我称之为"公园之城"。

公园之城，必有山水，这是基础条件。当然，仅仅有山有水还不行，要是一些穷山恶水呢，不仅不能称为公园之城，还可能是罪恶之城。说实在的，在公园之城和罪恶之城的十字路口，金城江曾经徘徊了一阵，彷徨了一程，茫然了很多年。所幸，金城江最终选择了走公园之城的道路，抛弃杂念，远离罪恶，还山以青翠，还水以碧绿，终成绿水青山。

一江穿城的那条江，大名为龙江，而在金城江城区一段，则叫金城江。

李文琰所撰《龙江考》记载："龙江自独山州流入南丹土州界为带钩河，南经拉汉村入河池州界曰金城江。宋署金城州，因此而名江。又东南入宜山县归化里之波来村合东江，至夹山洞，两山壁立，乱石参差，水穿穴而出，湾环如龙，始名龙江。"李文琰于清乾隆年间任庆远知府，对龙江考察从上游一直到柳江，甚至还追溯到整个珠江水系。他的记载已把带钩河、金城江、东江、龙江做了分段，记述算是较为完备的。

河池的行政中心，有很长一段时间是在现今的河池镇。后来，主政者抛下河池镇，把行政中心搬到地形狭长的金城江，原因之一，就是金城江有一条河，有一条碧水不息的江河。河池镇就缺这个关键因素。一座城市，没有河流，就缺少灵动，缺少秀气，缺少应有的情调。一条江河，就像一根线或一条缎带，能把两岸的人文故事，像串珍珠一般串起来，形成一个整体，形成一座城市所有的历史与文化内涵。若是没有河流，我所有的假设和比喻就不会存在。

龙江河是一条很有意思的河。初看上去，这条河有些让人害怕。它没有缓冲的河床，只有嶙峋的河岸，这河岸容易让人生出畏惧。水流在深谷间穿梭，深不可测，龙江给人的感觉就是如此。但这并不是真实的龙江。真实的龙江，则是温驯善良的。因为整条龙江生态保护得好，即使上游下再大的暴雨，河流也不会形成灾害，不会让两岸的人担惊受怕。我在金城江生活二十年有余，从未发现河水涌上两岸肆虐过百姓。因而，金城江的城区，紧紧萦绕着河流而建，江水在城区内弯弯绕绕十余公里，城区的建设也弯弯绕绕十余公里。关键是，城区河段，两岸都还处于原生状态，竹子、芭蕉、木棉以及原本该有的杂树杂草，几乎都能在河道边自由生长，让一条江水郁郁葱葱佳气浮，小城与江河就那么协调顺畅，让人看得舒畅，住得舒心。

金城江的山，分布于四围，峰峰相连，互映成趣。除了东西方向有不太明显的豁口，南北山峰则是牵手构筑成一道道天然屏障，甚至有点密不透风。四面环山，城中央也有形态不一的山峰丘陵，可谓层层相裹。金城江的山，可贵之处在于形态，具有代表性的有老虎山、乾独大山、金城山、鲤鱼山、雄鹰山、美女山、元宝山、后龙山等。

在城东，有一座高大的山体，名曰老虎山。从城区往东行走，抬头朝北面看，就会看见一只庞然大虎，匍匐于山巅，微微回头注视着城区。越往东，老虎的形象就越威猛，到城东一带再看，虎虎生威的老虎已是逼真得让人赞不绝口。老虎山可以分为两层山，从地面往上，一直是郁郁葱葱的山体，但将到顶端处，山体的颜色突然变换，山形也变得滚圆，从而构成拥有虎头、虎身、虎脚、虎尾的老虎。天然的山体组合成逼真的虎头，两只耳朵朝向天空，两蓬树木构成了两只眼睛，山崖上竟然冒出淡黄的颜色，成了活灵活现的虎嘴。一只前腿朝下伸延，显得悠然自得。虎尾则依着山脊微微下垂，自然妙绝。看一眼，让你拍手；再看一眼，让你叫绝；还要看一眼的话，你就浑身舒畅，沉默无言。"虎踞龙盘今胜昔，天翻地覆慨而慷。"什么是虎踞，看一眼老虎山，什么都明白了。山上的老虎，亿万年了，就那么微微回头注视着城市的变迁。它见证了这个城市的诞生和成长，所以它要不舍昼夜地守护这个城市，可谓虎佑金城。只要给老虎一座山，它就能守住这座山，守住属于它的地盘和气息。但是，曾经一段岁月，小城的人并不知道老虎山的可爱可贵处，几乎是每年一把火，把本是草木不盛的老虎山烧个干净，让老虎竟然无树林可依存。后来，幡然醒悟的小城人，兴起了保护老虎山的运动，大种草木，防范火灾，终于让老虎山恢复到郁郁葱葱的岁月。老虎可是森林之王，要是连树木都没有，老虎又何以生存？树木的青翠葱茏，让盘踞于山巅的老虎又更加生动逼真，更加威风凛凛。老虎山上的老虎，匍匐得高，望得远，环伺八面，护守金城，不怒而威。既然是老虎，它就应该站得高；既然是守护，就一定要望得远。虎落平阳，终究不是好事情。它可不能像温顺的大象，让人随意触摸、攀爬。所以，金城江的老虎，只能让人眺望和远观，无法近身奢玩。

金城江城区最威严壮观的山，是位于城区北面的乾独大山。该山高大严实，海拔六百八十余米，在金城江城区有乾坤独大之势。爬到山顶，就能俯瞰整个金城江城区。因为地势高，山体庞大，建电视台差转台时，就选择了它。之后，差转台变成微波台、中波台，名称不断改变，信息不断升级，上山的方式不断变化，有了从山脚向上延伸的台阶步道，后来又建了轨道，装了缆车，不过这是供材料运输用的，游人不能使用。早期，山上垭口的平台对外开放，有好事者便在山上开发了游览山洞、烧烤等旅游活动项目，让乾独大山成为山上公园。我曾经与三五友人登乾独大山，不料刚临近山坳，就听见了凶猛的狗叫声。就在我们徘徊之际，一阵狂风大雨也随之而来，还伴有轰隆隆的雷声。我立刻大呼撤退，因为我知道这里边潜藏着的危险。要知道，山顶上建有两座50米高的铁塔，同时建有性能良好的避雷设施，每到雷雨季节，一旦遇上雷击，避雷针就把雷避开。雷是有性子的，小时候大人就告诫我们要有孝，无孝雷公找。无处可去的雷，就只好在近处发泄。乾独山南面山脚下，有属于电视台的两栋楼房，供刚入电视台的单身员工住宿。我在楼房的二楼阳台上，看见转角处的水泥栏杆裂开了一道大口子，询问原因时，有人说是雷劈的。看着那道缺口，我惊呆了好一阵，才真正领悟到雷公他老人家还真是暴脾气。这不，有一些离家忘关电源的用户，电视机还被雷劈坏过。可见此处的危险性，不马上落荒而逃还待何时？何况，上顶山还有凶猛的狼狗呢！一个是雷，一个是狗，两者都是我天生害怕的。之后，每次起意想再登乾独大山，一想到二者的可怕处，便立即打消了念头。直到丁酉暮秋，天高云淡，神清气爽，才呼友朋、携家人，登到绝顶处，终于领略了"一览众山小"的气概。

"两岸青山相对出"，这在金城江也是如此。乾独大山的对面，就是金城山。金城山又名大青山，也称南山，在小城的南面，与乾独大山遥相呼应。金城山的名，不知起于何时。史书记载，现金城江区辖地，在唐朝以前还是南蛮之地，唐朝曾为羁縻智州，但又没有可靠的记载加以佐证，导致其历史发展被延后许多，直到宋代才有正式的记载，此地已被纳入朝廷管辖。《庆远府志》记载，宋代设置羁縻金城州，州名便是以金城山命名的。金城山地势高耸险峻，气势不凡。其悬崖峭壁下，就是金城江公园。该公园是城区第一个有规模、有看点的城市公园，建于20世纪60年代。公园正门建有五百级的登山台阶，从山脚抬头望，气势恢宏。如今，经过多番改造，金城江公园成了集爱国主义教育、休闲、锻炼于一体的生态园林。

在城西一带，有一山名为后龙，形状却像一头雄狮。后龙山原建有金城江动物园，后来没有动物可观，一碑刻爱好者便沿着登山步道，在大小不一的崖壁上镌刻了不少诗词，诗词似乎皆为镌刻者自撰。我浏览过，格调属于婉约派那种，皆含有淡淡的伤感。当时一同登山的黄恒泽先生，归来后写了《伤心莫登后龙山》一文，意思是原本有失落、伤悲情绪的人，不要再登此山，因为山上的诗词会触动你的情绪，让你变得更加低落。他以这种方式，表达了对后龙山诗词的褒扬。当然，有爱好者，可亲临感受。

一座城市，如果没有河流，感觉这个城市缺乏灵动，土里土气；如果没有山，总感觉这个城市不够坚实，无依无靠。二者融合，才能构成一座城市的厚实、鲜活与生机。

金城江是一座小城，差不多是全国地级市规模最小的城。不过，其天赋异禀，特点分明，同质化程度低，很容易按照一座公园的模式去打造。要是有志者的目标再明晰一点，力度再大一点，细心打理一番，一个集古典与现代的温柔、妩媚、娉婷小城，就会脱胎换骨般闪现出来，惊艳四方。

杖龙山客吴懿桐先生撰有描述金城江城区的对联：

一水清如民意善；
四山古若杜诗秋。

尽管杖龙山客隐居乡野，却对金城江山山水水的意蕴了然于胸，简单两句话，写尽了一江善性、四山古意，为金城江山水平添了一层厚度。

2017年11月

油茶林像海洋

在我还没有看见海洋之前，也就是我还在山村中学念书的时候，我就把故乡的油茶林比喻为海洋了。对我来说，这是一个十分抽象、遥远的比喻，是不切合实际的。我没有别的办法，因为在我有限的词语里，形容事物的宽广，除了天空，还有什么比用海洋来进行比喻更为贴切呢？

当时，尽管我还没有见过海洋，但"海洋"一词已占据了我心灵里的半间屋子。

因为还在我读小学期间，我那当老师的叔叔就在我家老屋的香火壁旁抄写了一段名言："一本书就像一艘船，带领我们从狭隘的港口，驶向无限广阔的生活海洋。"这句用粉笔写在木板上的名言，持续了多年没有磨灭，直到我能领悟其中所有词语的意义和其蕴藏的内涵。这是我最初接触并一生都不会忘却的名言。"海洋"一词就从我少年时的心灵里不断成长和延绵，对我来说，"海洋"就是宽广、广阔的代名词。

家乡巴马，那里山清水秀，气色清净，天空高远，已被人们誉为世界著名的长寿之乡。其获得长寿称号的原因之一，就是人们在饮食中把山茶油当作主要的食用油。这里有良好的土壤、空气和水，更有人们辛勤的双手。因而，油茶林就在我眼前、身旁的坡坡岭岭延绵不绝。我的老家虽然居住在一个石山村，但翻一个山坳，就是连绵起伏的土岭。所有的土岭上都被我的父老乡亲种满了油茶树，站在高处一望，可谓是一望无际。最初，我也没有意识到把这望不到边郁郁葱葱的油茶林比喻为海洋，形容成林海。是在我读初中一年级的春天，我们的语文老师让我们写一篇名为《我故乡的油茶林》的作文。我绞尽脑汁，浪费了许多时光和词语，咬烂了笔头，也没把它写得如意。最后，老师点评了一位同学的作文，其中就有一句："故乡的油茶林像海洋一样宽广。"老师说这样的比喻非常有气势，也非常贴切。我的同学只用一个比喻，就把全班的作文给比下去了。这一小小的闪光点，不仅使他的作文成为一篇好作文，也给了我不小的启悟和震撼。那位同学是跟随他在粮所工作的父亲从北海来到我们学校的，他是我们班上唯一见过大海的人，他才有资格使用这样的比喻。因而，他的这一句比喻一直占据着我大脑的一角，挥之不去。我活学活用，也在内心里把故乡的油茶林比喻成海洋，还把这个比喻据为己有，并使之成为我每次作文时的一种启示和牵引。

之后，再去看那延绵不断的油茶林时，我的内心终于涌动起一种雄壮的感觉来。油茶林似乎变得更加宽广了，在风的吹拂下，枝叶翻滚，散发出一阵阵清脆的声音和香醇的气息，让人为之振奋，为之沉醉。

在我接近三十岁时的夏天，我终于第一次见到大海了。我从北海登上开往海口的椰城二号轮船，在北部湾海域破浪前进。北部湾不过是海洋中的弹丸之地，但我还是领悟到了海洋的浩荡宽广。夕阳中的海水微波起伏，天边的云彩低沉而多姿，这是一个多么神秘的世界。多少年来，能真正拥抱我心中的大海，就是我最纯净的梦想。

海洋的宽阔，海洋的美，使欣喜若狂的我，根本找不到词汇去加以描述了，我只好反过来，把海洋比喻成故乡的油茶林。这样的比喻显然有些霸道，有些强词夺理，但在会心一笑之后，我倒觉得这种比喻显得直观、具体，而且十分生动了。

我的乡亲们，他们躬耕于田亩间，日出而作，日落而息。他们中的很多人，毕生都没有见过海洋。但他们却用许多精力，种下了一株株油茶树。要是放在我的比喻里，他们就是种下了一片海洋。这片海洋，平静时，就是一片延绵不尽的绿水，风起时，就是一片翻滚不绝的浪花。

一个才一千九百多平方公里的小县，油茶林规模已达26万亩，这个面积，尽管比起海洋来，只不过是一滩浅水而已，但与人的目光相比，它就成为一片名副其实的绿色林海了。这个世间，要是必须说出比海洋更宽阔的东西，我认为并非雨果笔下的天空和人的心灵，应该是人类的想象和意识。想象是无边无际的，意识是无穷无尽的。现在，我的父老乡亲，已意识到这广阔世界所蕴藏的资源了。他们就像人们发现和利用海洋资源一样，也从油茶林上看到了新的希望。这个希望是绿色的，是香醇的，也是美好的。他们不再把种植油茶树仅仅当作解决一年的食用油，而是学会用意识去走路，以长寿绿色资源为依托，以促进人体健康为动力，对这富足的资源进行充分合理的利用。

把故乡的油茶林比喻为海洋，显得虚幻而缥缈；把海洋比喻成故乡的油茶林，则显得散漫而自由。但不管作何比喻，故乡的油茶林都蕴藏着丰富的资源，都凝聚着我父老乡亲的辛勤和汗水。我希望他们能走进我肤浅的比喻中，用真诚尽心挖掘这方水土孕育出的果实的内在价值，把这片海洋不断扩大，让目光和信念行进到更为广阔的天地。

1999 年 11 月

见龙在田

自巴马县城往西，过巴定村再行三十余里，就到达一个叫"龙田"的村庄。这个村庄很特别，我之所以把它列入笔下的抒情对象，不排除其间夹杂的个人感情因素，但关键还是其实力和影响力所在。

我出生的村庄叫龙凤，与龙田村一山之隔，相距不过三里。因为龙田的名声大，很多外人，尤其是很多上了年纪的，都对龙田耳熟能详。所以，当别人问我：你老家在哪里？我说：龙田。这个名字总是会让大多数人一惊，然后是数声赞叹。在龙田周围还有几个村庄，诸如交乐、同合、龙甲等，与龙田连成一片同受燕洞镇管辖，而且语言风俗、地形地貌如出一辙。正因为受龙田的影响，几个村的人与我一样，在向外人介绍自己的出处时，嘴上都不自觉地吐出：龙田。当然，这样做的原因，不是我们想提升出处换来一份荣光，而是避免别人过多地不止追问。

龙田，龙田，说得多了，就难免疑问：这名字从何而来？问了一些人，都说不出名堂。偶见《周易》里边有"见龙在田，利见大人"句，便想：这村庄的创始人，村名灵感是不是从"见龙在田"

而来？

最好是。"见龙在田，利见大人"的意思是龙出现在田间，有利于大德之人出来治事。见龙在田了，那么意味着一个胸怀大志的人，已经崭露头角。这样，不仅寓意好，而且有文化渊源，还会增添许多神秘感。就连我那刚满七岁的犬子，也知道龙田。每次回乡，我都会带他到龙田村上吃米粉，似乎米粉的好味道一直萦绕在他的脑海里，他便把"龙田"二字带回城说给他的同学听。他的同学竟然语出惊人：你说的龙田啊，好像是龙在耕田。我听了儿子回家后的复述，非常震惊，想不到一个七岁小子，也能说出这样发聩之语。

那一刻，我只好无语。

想想，心中之所以存在着对龙田的赞誉之情，应该是它的优美景色打动了我。龙田的村庄上因为没有河流，按照我们头脑中固有的"山清水秀"模式，龙田应该说是与风景无缘的。但这样的思维，会把泰山、黄山等名山淹没。龙田的优势恰恰也在于山、石。龙田的山大致可分为三类：一类是高大的石山，延绵在村庄的周围；另一类是土山，在村庄之外，种满了各种经济林木，还有一片属于次原始的水源森林；第三类就是生长在田地里的一根根犹如石柱、石帽一样的孤独山体。这是最为奇特的山，也是让我最为惊叹的山。

这些小山，它们的海拔高度在50米左右，东一根，西一顶，在一大片的天地间耸立着、静卧着，峭壁成片，草木葱茏。其中，有两座山已经镌刻在我大脑中的记事本里，让我每每翻读起来，都会醉心。在龙田村庄往东南的方向，我家有一块旱地。旱地对面，有一座孤独的小山，我与之面对的一侧，是一块宽阔平坦、雪白光洁、高大宏伟的石壁。小的时候，我偶尔会跟随大人去地里种玉米、收玉米，种、收的间隙，我就会经常直起腰，朝着对面的石壁大喊：我——累——了。很快，对面的石壁便回音：我——累——了，我——累——了……浑厚的回音，在旷野中持续着，让人振奋。我便心安理得地停止劳作，在大人无可奈何的目光中小憩片刻。后来，读到"壁立千仞，无欲则刚"的句子时，我心中那座"壁立千仞"的参照物，就是我曾经时而与之对话的石壁。多少年过去了，那座我在心里把它叫作"回音山"的山体，依然以孤傲雄伟、通情达理的姿态感动着我的回味。我记事本里的另一座山，则是龙田初中校园后的山。有人说，好学校就是一座好靠山。其实，学校本身也需要"靠山"。这座"靠山"，依旧不高，但山体稍大。山上生长着原始般的各种树木，有大可合抱者，有婷婷华盖者，也有虬龙盘枝者，就连绝壁的石隙都生长着树木。晚饭之后，这座山几乎成了同学们最好的乐园。

龙田的山石，还有一绝，那就是石林。在龙田初中后山的不远处，有一片石林，因为面积太小，看点不多。但在龙田村庄的东北方向，公路两侧却有两片石林，一片归属龙田村，另一片归属我的家乡龙凤村，但统称龙田石林，这是石林的最密集处。这两片石林面积，就我估算，至少有千亩开外。我到过云南的路南石林，从高处远眺，从低处近观，皆让人称奇。其实，龙田石林与路南石林的主要游览区李子箐石林的游览面积相当。关键一点，龙田石林同样纵横交错，造型各异，气势磅礴。远近的石峰形态千秋，似奔牛者，如玉兔者，还有像母鸡孵蛋者，可谓一步一景，目不暇接，令人艳羡不已。七岁小孩所言的"龙在耕田"，也正好形容这支支石峰，犹如条条石龙，正躬耕于田亩间。只是，龙田石林目前仍潜藏于深闺，让多少过路者有遗珠之憾。

再想想，龙田之好，其实还在于其人的勤劳，在于龙田人创造的"龙田精神"。

"见龙在田，利见大人"在历史上有很多相对应的典故。龙田并没有出现"利见大人"的例子，但是龙田人集体创造出的"龙田精神"，则是另一种"利见大人"的解读。从20世纪70年代初，原本在土山田地间居住的龙田人，因为耕地不足，就主动到石山区开辟出一片平地，然后在平地上建新村。一排一排的新村，全是用石头裹着石灰浆、砂石建成的两层楼房，式样古典，经久耐用。在建造过程中，龙田人不怕流血，不怕苦累，风雨无阻，在很短的时间里，就让昔日的龙田旧貌换新颜，还让九分石头一分土的村庄腾出了数百亩耕地。因而，龙田人创造出了一种"人敢拼命，山河听令"的精神，被人誉为"龙田精神"。为此，当时曾流行"北学大寨，南学龙田"的呼声，一度把龙田誉推到大寨的高度。

1978年12月底的一天，冬风萧瑟，天寒地冻。但大人们的脸上却洋溢着幸福。他们来到公路边围观，说是有大领导要来。当然不是来我们龙凤，而是前往一山之隔的龙田，因为那里的新村已经建好了，他们要去参观在山旮旯里拔地而起的一栋栋新房。

那一时，我五岁半，也瑟瑟发抖地跟随大人来到公路旁。时至今日，我只能迷迷糊糊地记得有那么一回事，有那么一个场景，记不住太多的细节。多年之后，我才明白，来的最高领导叫天宝，是当时中央派来慰问广西壮族自治区成立二十周年的慰问团副团长。

我依稀记得，有一串汽车经过我们村刚修好的公路，汽车扬起的灰尘，模糊了我们的视线，但大家依然伸长脖子、拉长目光，看汽车在村子的西头慢慢消失。

龙田太给力了，名声响彻全国。

1976年12月在北京召开的全国第二次农业学大寨会议上，面对五千多人，时任巴马瑶族自治县城关公社党委代理书记兼龙田大队党支部书记的向元佐，在会上作了龙田学大寨的经验介绍。当时全国只有两个村做典型发言，一个是后来被誉为"天下第一村"的江苏省江阴市华西村，一个就是来自穷乡僻壤的巴马龙田大队。

广西电影制片厂把龙田的建设场景拍摄制作成了电影《腾飞的龙田》，还有《人敢拼命，山河听令》《龙腾要靠龙头带》《愚公精神常在》等新闻报道出现在《人民日报》《广西日报》等全国、全区各大新闻媒体上。龙田成为广西学大寨的典型和示范，也被树为农业学大寨的一面旗帜，几年间，共有十多万人到龙田参观学习。

龙田，创造出了一段荣誉醒目、引以为豪的激情岁月。龙田的成功，让作为邻村的龙凤人羡慕不已。

"利见大人"，在龙田人的眼前，不是出现哪一个"大人"，这个"大人"是一个群体。而且，这个群体的精神还慢慢散射到周围的几个村庄，使龙田精神逐步放大，名声响亮到很多角落。就在龙田村开始建设新村一年多后，龙凤村也跟着上马建设龙凤新村。我父亲是当时建设新村的牵头者之一，他回忆说，龙凤村提出了"远学大寨，近学龙田"的口号，在没有任何援助的情况下，自力更生，建起了后来比龙田还要有气势的新村。时至今日，看着故乡的新颜，我还真的要感谢龙田精神。

在我的故乡，有一种植物，其与昙花同科，开出的花朵也与昙花如出一辙，我们叫它为观音莲。这种植物，只需要少量的泥土，就能在石头上生长、蔓延、蓬勃，然后盛开出洁如金玉、美轮美奂、惊世骇俗的花朵。这种花朵，跟龙田的风景一样，都还"沦落僻乡不著名"。但是，与我一样，很多人都在期待而且也相信，有龙田人集体汇聚的"大人"存在，有龙田精神之风的吹拂，观音莲的美丽会蔓延到外界，龙田的天然之美终究会征服更多的眼睛和心灵。

2014 年 9 月

山村烟云

喜欢看地图，看地图的第一眼，总会是家乡的位置。

在地图上，看不出家乡的位置属于什么山脉或者山系，也没有书本的记载，更没人能讲述得出。仅知道，村里最高的山叫阎王山，是一座大石山。尽管那是一座大石头累积而成的高山，但山上大树弥漫，常年蓊郁，海拔八百多米，气势非凡。因为险峻，我只登临到其中的一个平台，还没有体会到绝顶处的盛气凌人。邻村不远处有另一座高山，叫云盘山，海拔逾千米，是一座土山，如今修了公路直通顶峰，身临绝顶处，就会看见前方密密麻麻的山头延伸到远方，隐于天际。

山真的是多，多得根本取不了名字，似乎也没有必要为之命名，只能沦落僻乡不著名。

家乡夹在数山之间的一个小盆地里，就成了理所当然的山村。取名龙凤村。为什么叫龙凤？听祖父解释过，爬上阎王山顶，就会看见村子两侧的山，一边排列出像龙的气势，一边组合成凤一样的姿态。就是如此简单。

三百多户一千三百多人的寨子几乎拢在一起，都是两百多年前从湖南、四川等地迁徙而来、繁衍生息的。村子不大，但各个区域的名称却眼花缭乱，比如湾里屯，那是我们杨氏一族的最先居住地，也是龙凤村最初的住户，起始约两百四十多年前，算是村子的发源地；叫唐家湾、王家湾、段家湾、蔡家洞的，说明当年分别是唐姓、王姓、段姓、蔡姓的集中居住地；叫范家土的，说明那片土地应该是范姓人氏耕种的；还有叫大鼓子的，说是那一片曾经是石林，尤其是有两面大石壁，一面能敲出鼓声，一面能敲出锣声，后来建新村，石林被炸平了，但地名却保存了下来。

村子还有一片区域，在土山区，原属于壮族同胞的。壮族同胞先我们的祖上到来，占住于有水有田的地方。经过岁月变迁，我们的祖上通过购买或以粮换田的方式，慢慢拓展土地，延伸梦想，也拥有了水源、田地。先祖们在与壮族同胞新签地契时，以壮话翻译过来的地名就出现了，比如纳乃、纳凤、纳锥、纳堂、纳坡等，"纳"是壮语"稻田"的意思，说明那些地名全部与稻田有关。

祖上从各地迁徙而来的人，开始主要以杨、姚、吴三姓居多，后来其他姓氏人员逐步迁移而来，便有了刘、唐、张等几十家姓氏，人口增加较快。至于来因，有说是逃难而来的，有说是受朝廷派遣的，有说是来广西戍边，有说是征战士兵留住而不归乡的，莫衷一是，族谱记载也没有明确。

至于因何而从湖南、四川一带迁徙至此，那属于历史范畴，难以追述了，但村里人勤劳善良、质朴无华，却是现实的存在。

新中国成立后，从20世纪六七十年代开始，龙凤村人便开始战天斗地，向艰苦条件、贫困生活发起挑战，硬是用血肉之躯，劈山炸石、造田造地，在一片小小的天空下演绎历史风云。

龙凤有三缺：缺水、缺田地、缺资金。有缺失，就想办法弥补。这个弥补，必须靠勤劳与智慧。我记事起，尤其是识字后，就看见村里的大石头上到处写着标语，频率最多、让我至今记住的就是：自力更生、艰苦奋斗！

1969年8月，龙凤大队党支部就开始在学大寨的征程上，引领全村开启了造田造地的伟业。龙凤大队与相邻的交乐大队合并成更为强大的"龙凤大队"，共同选拔一百多人组成专业队伍，以一个"连队"的名义开拔到名叫思力堡的地方，学习大寨精神，摆出"愚公移山，改造中国"的阵势，立志将一座土山推平，再用土石填平四周沟壑，争取造出100亩田地。

这支"连队"下辖一、二、三排，再加一个妇女中队，因为离村有十里地，为便于更好地投入战斗，在战斗打响后，他们的战场不再叫思力堡，统称"造田工地"。

我的父亲当年十八岁，被任命为二排排长，管三十几号人。那时的父亲不一定读过列子的寓言《愚公移山》，但一定是背诵过毛主席写的《愚公移山》，知道愚公移山的故事。所以，多年以后，父亲能够清晰地表述："我们当时的场面，就是现实版的愚公移山。"面对那座庞大的土山，一百多号人，在没有任何机械的辅助下，大家一锄一锄地挖，然后用手推车、背篓、竹筐搬运挖出来的土石，填埋于沟壑间。此时此刻，我恍惚觉得太行或者王屋，其中的一座山，就横亘在我的父老乡亲面前，高大巍峨，成为大家征服的对象。多少次太阳升起，多少次月亮西沉，暮夙不辨，躬作不息，可以想象，满是星光的无数夜空也能看得出，那些是一个个艰辛异常的场景和记忆。汗水像时光沙漏中的细沙，记录着挖山搬土的涓滴，也记录着肉体与意志碰撞出的混沌之声。一段时日过去，大家的手上、肩上、后背都是老茧。但大家精神饱满，因为大家干的是自己的事，扩充的是自己的土地，延伸的是自己的梦想，造福的是自己的后代。

庆幸的是，他们没有受到智叟一类人的耻笑。

岁月轻盈，一晃便是四年过去。在这四年时间里，大家把时光缩短，把毅力拉长，用无休无止、无怨无悔的手起手落，硬生生挖掉半座土山，折返数度春秋，造出了二十多亩田。

二十多亩，在平原地区，不过是一片指甲盖。但是在九分石头一分土的大石山区，一丘连片的二十亩田，却是一个庞然大物。

不怕山高，只怕志短。挖山不止、年龄不等的"愚公"，他们用执着无返、锲而不舍的精神感动了"上天"。这个"上天"不是哪路神仙，而是县委、县人民政府。

龙凤村的"愚公移山"精神传到了县里，县领导大为感动。感动之后，便是大力支持。1973年底，县委、县政府派出了以时任县水利局局长的王定亚（后选为巴马副县长）为领队兼任技术员，带队来到"造田工地"，与原先的100多号人，继续造田。在王定亚的指导下，计划通过实施定向爆破的方式，提高造田效率。三个排和妇女中队各根据测算线路开挖安放炸药的隧道，还是人工一锄一锄地挖。横向的隧道打到一定深度，就缺氧了，怎么办？就找来木制的风簸。风簸我见过，除了铁制的摇杆，其余皆为木制品，制作也比较考究。新收的稻谷，杂质和不成熟的空壳较多，就将稻谷放上风簸的斗柜，打开开关，慢慢发力鼓风，上品会掉进最近的框里，落入接收的箩筐；次品掉进第二个框，不入流的杂物就被风力簸出外面，很快就能把一堆谷物分清等次，蛮神奇的。没有谷物，大力鼓风，就会鼓出阵阵凉风。不知是谁想出了这个办法，随着隧道的深入，大家抬来风簸，人工鼓风进洞，一点一点地输送氧气到隧道里。打了将近一年的隧道，眼看指定爆破的日期到来，但只有父亲带领的二排超前完成任务。其他两个排可以按期完成，但妇女中队的任务就差得较远，连长便命令父亲带领二排全力支援妇女中队。经过大家共同努力，最后大家都如期完成任务。因为炸药等物资缺乏，而且需求量大，大家只能用硝酸铵、柴油、木糠、谷糠等自制火药。火药填满后，在王定亚局长的命令之下，成功实施了定向爆破。大量泥土按照既定方向倒入沟壑，部分泥土再用县里支持的推土机一推，仅用一年时间，就造田三十多亩。

一块五十多亩宽的人造田，赫然于天地间，蔚为壮观。

人工造田，费时耗力，并非权宜之计，便停止了造田。

其实，早在1974年1月，为了树立造田造地标杆，县里已经组织工作队进驻龙凤，由时任县委副书记的黄长生担任造地指挥长，开始在龙田大队与龙凤大队交界处，炸石头，造土地。当时，县里派各个公社组织人员参加造地，形成了600人的造地队伍，分两组，每组300人，历时一年半造地二百多亩。

为了保证新造的土地实现旱涝保收，县里又支援资金，在村里的水源地修建了一个400立方米的水池，然后修建了两级抽水台，再用石头、石灰浆砌起了一条2500米长的水渠，将水引入到另一个400立方米的水池。而新造的地里，已经种上了玉米、黄豆，并铺设了塑料管和喷洒的水龙头，经喷灌站里抽水机一启动，地头便是飞扬的水花，如春雨一般，洒向大地，美丽而壮观。

开水喷洒那天，龙凤方圆数里群众现场参观，掌声经久不息。同样造了二百多亩新地的龙田，没能享受到这个待遇。其实，全县其他新造的土地，也都没有享受到这番待遇。我记事之后，还看到了地头的塑料管、时而喷洒的水龙头，还有发出轰鸣声的喷灌站里的抽水机。但是，分土到户后，没有人管理，村里人没有珍惜该工程，塑料水管、水龙头、喷灌站乃至2500米长的水渠，全都毁于一旦。当初的那份辉煌，那份荣耀，已成过眼云烟。

但是，留存的几百亩田地，却是龙凤村永久的财富。

在县里组织专业队伍在村里造地的同时，1976年1月，原先在"造田工地"造田的龙凤大队的专业队伍，则返回村里建起了木工厂，专门为1975年开建的龙田新村提供檩条、门框窗框以及门窗木板等。到1976年8月，龙凤大队提出了"远学大寨，近学龙田"的口号，也开启了建设新村的步伐，木工厂就为自己村供料。当时的龙凤与交乐联手，每天出动300号人同时上阵，炸石头，填沟壑，硬是在乱石窝中，平整出四百多亩平地。以中间公路为中轴，在公路两边建造新村。新村为两层建筑，全是用石头砌建，如骑楼一般，一层屋外是家家户户互通的走廊，统一用火砖砌成弧形拱门。新村内部二层，没有倒水泥板，而是架设木头做横梁，一旦铺上木板，即可间隔成一二楼。房顶则还是盖着瓦片。新村式样整齐划一，从公路上端详，气势卓然，如小城镇一般。到1978年下半年，龙凤大队解体，龙凤与交乐再次分为两个大队。交乐大队的人马撤出新村建设后，建设队伍一下子就减弱了，余下的人员只能做一些扫尾的工作。到1979年上半年，新村共建起了两层连排的楼房10栋，一栋12间共120间；还建成了半成品的五栋共60间。

1979年下半年，新村建设全面停工。

尽管1980年3月分地到户后，全大队的所有集体项目也全面停工了，热闹场面不再。但山村烟华，以另一种方式继续滚动。

从1984年开始，龙凤人像鱼群，开始从大山里游向大海，游到深圳，融入改革开放的浪潮中。他们互相介绍进入工厂，互相鼓励埋头苦干；他们嗅着海风，却舍不得吃海鲜；他们进入都市，却还穿旧衣服；他们省吃俭用，让汗水凝结的果实纷纷进入到家乡的银行里，让辛劳累积成财富，又让财富变成新的楼房，变成儿女的学费，变成汽车，变成小卖部、批发店等等。到20世纪90年代的顶峰时期，全村一度有四百多人在深圳、东莞、珠海、佛山等地演绎风云，他们让城市热闹，却让山村安静。

历史的烟云一直在氤散，尽管是小小的一片、短短的一段，却能映照过去，光耀未来。

如今村里的道路，四通八达，崎岖的山道全部被公路取代；当年的梯土，种上了桑树、广豆根、大棚蔬菜等，不成块的山地里，种上了核桃。2022年的初夏，我在家乡的核桃树上看到了不少的果实。但愿它们能成群结队，挂满枝头。

家乡很小，是最小的存在。家乡在地图上的符号，仅仅是一个小圆圈，圆圈不能再小了；再小，我就找不到家乡了。

想象不到，在最小的圆圈里，在最小的一片历史空间，却升腾着故事，激荡着烟云。

2022年5月

五龙交汇 乐在其中

　　林业专业人士考证，河池市当前发现的最长寿古树，来自交乐村。

　　交乐，何许村也？竟然有全市最长寿的树？此消息经媒体传开后，很多交乐村的人都不知情。我虽然不是交乐村人，因为只是一村之隔，一直认为自己对交乐村有所了解，可当有人问及此事时，我也是一脸茫然，无从知晓。便只好趁回老家的机会，找熟人带路，亲临目睹了古树的风采。

　　树龄逾两千零五年的古树，被专业人士命名为"喙核桃"，树高逾30米，处于该村龙华屯通向巴堡屯的必经之路上，挺拔于群峰交汇的山坳口，在郁郁苍苍的树木间擎天而立，傲然独秀。

　　交乐村，在巴马县城西侧15公里处，为燕洞镇所辖。

　　这个村庄名称有些特别，尤其是与她相邻的几个村相比较，那些叫龙凤、龙甲、弄神、弄阳等的，都比较直白，一看就懂。"交乐"，该怎么解释？有些复杂了，村里很多人都不明白。他们只顾做交乐人，不求"交乐"从何而来。世间各地，大抵如此。就连很多文化深厚的城市人，都不懂所在城市的历史脉络，何必求村上人了解村史。我也就是在这样的理解中，浑浑噩噩。所以，很多年前，我也不明白"交乐"何为交乐，也不去请教、不愿探究。

"交乐"一名到底从何而来？

相对于附近几个村庄来说，交乐村地域分布广，大山突兀，连绵交汇。进村的排坡山与出村的年王山，遥相呼应，气势磅礴。几条来自不同方向的小山脉，相互追逐、相互嬉戏，相互焐手、相互交错，把整个交乐村零星分布的村落，合围成一个不规则的盆地。盆地里的寨子，红砖碧瓦，草木葱茏，祥瑞安宁。可谓乡情暖暖，其乐融融！

我的一位远房伯父便介绍："交乐"一名，来源于"五龙交汇，乐在其中"。远房伯父带我爬到他家楼顶，指着四面连绵的山体，向我介绍，分别来自年王山、美梦山、硝坡峒、排坡大山、象鼻山五条山脉，同时从不同方向汇聚于阴河，成就了五龙交汇，转化为乐在其中。

如此解释，也似乎有其道理。

我们龙凤村没有五年级，读完四年级后一般都是转入龙田小学就读五年级，然后在那里考初中。因为当时我的叔父在交乐小学教书，1985年9月，我便跟叔父转到交乐小学就读。虽然两村仅是一山之隔，但对还是少不更事、村门不出的我来说，相当于出远门了，需要重整内心的情绪，融入到新的生活和新的人群。开始接触之后，发现交乐村有些特别，尤其感觉到人群居住比较分散，全村分布在戈干、戈阳、巴堡、龙华、龙乃、龙晚、加兰、戈满、龙沙、良丰、岩瑶、龙荣、排坡、大平、交乐、戈洞16个自然屯，屯下又分为更小的村落，称为村民小组，如卷当门、甘乱、肖董坡、戈漫、龙萨、旱谷洞等25个土里土气、特色突出、韵味隽永的名称，零零星星，界线不明，把初来乍到的我弄得眼花缭乱，难以分辨，烫火颇多。不像我们村，两三百户人家集中在一个小盆地里，用上中下三个寨就区分而出了。

关键一点，我从中发现交乐村人的勤奋与坚韧，至少比我们村的人要强好多。我记事起，就渐渐听说，从20世纪60年代末，交乐村与龙凤村人开始携手在一个名叫思力堡的地方，鏖战五年，造出50亩连片的田地，被称为"造田工地"；然后，他们又出动主要劳动力，协助龙凤村，用时三年建造新村。尤其是在建新村的过程中，交乐村的力量一直是主力。1979年上半年，在交乐村撤出他们的力量后，龙凤村势单力薄，造新村的步伐一下子就阻绝了，整个工程几近瘫痪，留下了不少的半拉子工程，只好分到各家各户自行续建。这一现象，让我从小就对交乐人敬佩有加。

那一年时间里，我看见他们竟然转战数百里，到百色、田阳一带租赁荒地种植木薯，村里开始有了万元户；那一年，我看见他们早出晚归，到数公里外躬耕不止，用劳动收获开始在石头上建造楼房；那一年，我看见他们把荒废的山林开垦出来，在石山上大面积种植观音莲，让春天里的石山开满花朵，让收获飞进囊中，让笑容裹满生活……交乐人不简单。后来的时光可以证明，在方圆数村，交乐村最先实现家家建楼房，最先出现屯屯通水泥硬化道路，银行存储数量第一，第一个荣获小康文明示范村……

除了高山，交乐还有雄奇的天坑、深邃的河谷。天坑名叫"交乐天坑"，河谷则称为"阴河"，它们融为一体，相辅相成，构成了其独特的魅力。看得出，交乐天坑是一个地震塌陷区，惊险异常。

硕大、高绝、险峻、生态、秀美等词语，都可以放在交乐天坑身上。天坑四面，南北两面均为壁立千仞无依倚的悬崖绝壁，险绝不可攀；东面为几乎垂直的山崖，但有一个缺口可以攀崖而下；西面也是峭壁，但有一个豁口，衔接天坑内的陡坡，有一条小路直通天坑底部。天坑底部便是河流，自北向南流，上游是暗河，下游也是暗河，只有底部一段显露出来，一年四季大部分时间，河水绿油油，深不可测，让人畏惧。交乐天坑的天然景色、丰富植被、地质个性、生态密码等，成为观赏、科考、养生的绝佳之地。

还在交乐读书时，我与同学从东面的悬崖，慢慢攀援而下。因为人小身轻，动作敏捷，即便在悬崖上也无畏惧感。读初中时，班上组织去秋游，便从西侧沿陡坡而下，安全而放松。多年后，我带队到天坑进行拍摄画面，刚一看见雄伟的天坑，便被震撼到，双脚就有些发麻了。前段时间再次去参观天坑，从东面观望，危崖高百尺，不禁双脚打颤。有人提议再下去观摩时，我连声否定。靠近悬崖边往下看一眼的勇气都没有了，何况是攀崖而下？

人生是一场旅行，途中一定有很多美丽的景观。要说景观的话，交乐天坑应该是我生命历程中的第一个景观。后来读到王安石说的"世之奇伟、瑰怪，非常之观，常在于险远"句，头脑里浮现的参照物便是交乐天坑。只是，当前的她，还养在深闺，期待有人揭开面纱。一旦稍加打造，这一可达世界级别的景点，就会吸引世人的目光，招来世人的驻足。

历史在发展，交乐村也在变化。

作为典型的石漠化山区，山多地少的交乐村，人均耕地面积仅为0.35亩，在方圆数村的数值最低。但他们不为此而情绪低落、损耗斗志，而是积极把有限的资源最大化利用，把每一寸泥土、每一个角落的潜在价值挖掘出来，能种桑养蚕就种桑养蚕，该种植核桃就种上核桃，可以养牛就养牛，符合种观音莲就种观音莲，适宜种油茶就种油茶……他们还想把交乐天坑打造成极具梦幻的探险旅游胜地，一步一步用勤奋与执着，让梦想伸长，让现实拉近，让山村鲜活，让幸福指数上升。

从龙崖路口，沿着排坡大山，一直到村头，每到夏天雨季过后，从山脚到半山腰的观音莲便开始盛大开放。那些花朵，散射出金黄的光芒，朝天怒放，美丽壮观。这该是交乐村发展变化的缩影，也是交乐人坚忍不拔的精神写照。

交乐村是幸运的，至少有一棵古树在见证烟云。那棵古树，历经两千多年时光，该是怎样的壮举？它阅历了两千年的阳光与月亮，经受了两千年的风雨冰霜。它用粗糙的外表、皲裂的皮肤抵御蚊叮虫咬，用强大的内心战胜孤独和沧桑。人迹罕至，一千八百多年后，才开始迎接新来的交乐人。庆幸的是，两百多年前来到此地栖宿的交乐人，热爱大山，热爱蓊郁的树木，让它延续草木的辉煌与灿烂。

任何一个村庄，都有其发展的历史。交乐村的历史，应该由交乐人来续写和完善。作为过客，我只是来做一下点缀。但愿这样的点缀，能吸引更多的人来参观、驻足，也能牵引交乐人把新的篇章写得更好。

2022 年 7 月

四叔来的信

　　远在深圳打工的四叔，近年来还偶尔给我来一些信。从二十多年前开始，四叔就会不定期地给我寄来一封信。现在，他有手机却还不会发短信，他有话费却不想通电话。因为四叔患有很严重的口吃。每次想到要打电话了，四叔就会提醒自己别紧张。谁想到，越是提醒，就越发紧张。打一通电话，事情总是讲不清。所以，这么多年过去了，四叔还坚持写信，虽然他写得很少很少。但四叔的信，就像飞鸟，沾满了海风的气息，从饱满的都市，飞临我这瘦弱的天空。时光阻挡不了它们，风雨阻挡不了它们，坚硬的门窗也阻挡不了它们。那些四叔小心翼翼拼凑或者自然流露的文字，组合成一个个逼真的故事，让我在持续二十余年的时光里，隔空透视到那海风吹拂下的都市夜光，品味到豪华夜幕隐藏着的辛酸，窥望到乡亲们在他乡异地的不平凡历程……

一

我的故乡，位于巴马瑶族自治县的一片大石山区，名叫龙凤。生存于延绵石山间的村庄，可谓九分石头一分地，而且土地贫瘠，资源稀少，尤其是缺水严重，生活条件十分艰苦。改革开放以后，沿海的春风，也逐渐吹拂到了离海边十分遥远的我的故乡，撩拨得我的乡亲们坐立难安。第一批到深圳务工者尝到甜头后，发家致富的梦想便在村庄里涸散。要改变贫穷的现状，外出打工，的确是最好的征途。事实证明，外出打工者的不菲收入，成了故乡变得有活力的主要因素。从20世纪80年代后半期，我的乡亲们就成群结队，犹如潮流涌向深圳，然后蔓延到东莞、珠海等地。

我的四叔，初中未毕业就回乡务农了。毫无例外，他也加入了打工的潮流。当然，四叔不是我们村最早到深圳打工的那一批人。在十几二十岁甚至三十多岁的年轻人，像潮水般涌向深圳的时候，因为逢着他的第二个小孩出生，四叔没随潮流而动，依然躬耕于乡梓。直到他的二女儿满两岁后，也就是他二十七岁那一年，他才跟随回家探亲的老乡，搭上开往深圳的班车。别的老乡到深圳找一份工作似乎很容易，而四叔却不是一帆风顺。

1993年的夏天，我高考结束回到家时，四叔已经到深圳十多天了。至于情况如何，家里人都不知道，四叔没有捎回一点音信。又过了十几天，四叔竟突然又回到村庄里了。他的表情有些凌乱，就像我知道我的高考成绩后一样，一副灰心丧气的样子。四叔到深圳的最初时间，因为是生产的淡季，他一直进不了厂，只好轮流在几个老乡那里凑着睡了几夜。由于每个厂家都对宿舍进行严格管理，进出很不方便，让四叔每次出入都费了不少功夫。有些夜晚，不好意思找老乡，四叔就只好自己找地方凑合过一夜。坚持了十几天，还是进不了厂，只好打道回府了。四叔在跟我谈起那段短暂的流浪般的生活时，语气十分平淡，表情也平静下来了。他说，深圳夏天的夜晚很短，随便在车站或哪个墙角边打个盹儿，天就亮了。我看得出，四叔的回忆已飞越了千山万水，再次到达那个海风吹拂下的喧闹之地了，他的眼神中，依旧充满了对繁华的向往。

那个暑假，我一直和四叔并肩收割稻谷，待收完家里的稻谷再种下晚稻秧后，四叔又准备往深圳去了。当时，我已被拒绝在高校的大门外，对一切都已冷淡了，只一心想与四叔结伴到深圳，过着打工的日子。家里人没有谁同意我去深圳，尤其是四叔，反对最为强烈。他用断断续续的语言组合成一个完整的意思：一张高中文凭，到那边还是得做苦工，你看你，吃得消吗，还是留下来补习一年。

随后，四叔又踏上通往深圳的路途，我则重整行李，到县城叩开了补习班的大门。四叔的这一去，很快就进了厂，但霉运却并没离开他。进厂还不足两个月，四叔竟遭人抢劫，还被打伤，由于深圳的医疗费过于昂贵，已身无分文的四叔只好跟老乡借了些路费，再次打道回府疗伤。

我是在放寒假回家时，才知道四叔的遭遇的。当时，四叔的伤已经好了，心情也好了，用不太流利的表述，很乐观地跟我叙说了有关深圳打工的话题。春节过后，四叔再一次到达了深圳，进到平湖工业区的一家纸品厂里打工。四叔的工作是负责押送纸箱成品到各个企业，他和司机两人就负责一辆车，装货卸货，十分辛苦，但四叔并没有叫苦。这有信为证：

> 今年春节过后，我丢下两岁多的女儿，离别年过七旬的父母，背井离乡来到深圳横岗的平湖工业区，得到了各位老乡及亲人的帮助，很快就进厂了。进厂后从事一项搬运工作，就是跟车送货，送成品纸箱。这份工作十分艰苦，每天都是凌晨五点起床，到晚上六点多才收工。虽然，工作时间是长了一点，但工作任务不算重，关键是不受日晒雨淋，一个月还领五百多元工资，比在家里，面朝黄泥背朝天没日没夜地辛苦要强得多了，没有什么比做农民更辛苦的。我们不求做富裕人家，但也不能做贫困人家，要赶得上社会，不能落后，所以，我们就得忍受一切，甚至忍受长时间的煎熬……

该信落款的时间为1994年5月，距我当年复读参加高考差两个月。

四叔信中的言语，不仅是他自己的生存宣言，也给了作为补习生的我许多鞭策，最终，我在这种鞭策下，迈进了一所高校的大门，找到了属于自己的饭碗。我感谢四叔，我感谢他拒绝我去深圳做一名打工者，感谢他那句"没有什么比做农民更辛苦"的极为朴实的话。我很清楚，每个人都有自己的理想，并会不辞辛苦地去实现它。不管是四叔还是我自己，本身作为农民，作为农民的儿子，当时把逃避做农民当作是理想，也许会成为很多人的笑柄，但从我家乡的现实情况来看，却是最为真诚的。

我正是从四叔的身上感受到了这种真诚。

四叔到深圳，一往一返就是二十多年。不知是四叔的执着，还是四叔的愚钝，或者是那家工厂的诱惑力太大。这二十多年的岁月里，他一直坚持在那家厂里，尽管工作很辛苦，尽管薪水并不高。人往高处走，跟他一同去的老乡，有的已经转了几家厂，四叔却认为，在哪家厂干活都一样，转来转去，也逃脱不了干苦活的差事，何必要转来转去地折腾自己呢？所以啊，四叔就这样坚守着，成为那家工厂除了董事长之外唯一自始至今坚守的人，真难为他。

这些年来，四叔像很多老乡一样，忍受了挂念家中父母、思念儿女之痛，日复一日，年复一年，省吃俭用，将微薄的工资积攒成建家庭水池、建楼房以及儿女们读书的费用。这就是打工的收获。若仅靠耕种几亩薄田来建楼房，来供儿女们读书，那是想也不敢想的事，所以，四叔愿意一直坚持守着那份十分辛苦的工作，无怨无悔。

当然，四叔也有过退却的念头，但那份念想只是轻轻扑闪了一下，没有成真。那是2001年的夏天，四叔请假回家时顺便到我工作的小城里来看我，那是我与四叔分别后的八年时间里，我们的第一次见面。之前，四叔也像很多乡亲一样，省吃俭用，舍不得在春节期间花大价钱回来过年，只在春运过后，才买便宜的车票回一趟家，待他回到家时我却回到了学校或者单位。所以，八年了，我们才能见上一面。很多老乡到深圳打了几年工后，变得又白又胖。我总认为四叔也会这样，但见着面时，四叔却是比印象中要瘦了一圈。

我想在我工作的小城帮四叔联系一家门面，建议他用余下的积蓄做些小买卖算了。要么，就另换一家工作轻松点的厂。

开始，四叔没有回答我，只是在小城内漫无目的地闲游了一天。之后，四叔对我说，他没有做小买卖的打算，还是想回到厂里继续打工。第二天天刚亮，四叔就离开了小城。望着他有些瘦弱的背影，我不知道要说些什么。

现在，四叔还在深圳平湖工业区的那家纸品厂里默默地打工。偶尔，还写一些信给我。

二

牛旺在村里犯下命案的事，是我的父亲最先告诉我的，与四叔无关。但是，四叔在后来的信中，还是提及了这件事。

牛旺的年纪虽然稍长我两岁，但毕竟年龄相仿，算是从小到大的玩伴，还一起读过书。记得在小学一年级，老师让我们在课堂上读课文，轮到牛旺时，他竟然把"放学了，不要在马路上跑和玩"念成了"放学了，不要在马路上打破碗"，因为不认识字，都是跟着老师一遍一遍念，估计是他一直没弄清楚，造成了笑话，让我记忆十分深刻。一年级之后，我继续升学，牛旺则退学回家了。但因为两家住得近，暑假期间我们还一起去远离村庄的山坡上放牛，到小河里游泳，春节期间我们还一起玩陀螺，稍大了一点我们还经常打扑克。自从我入县城读高中，他也到了深圳融入打工大潮，之后就再也没有打过照面。

他留给我的印象，就是话少，无论是在走路、干活，都爱斜着肩，歪着头，不与人交流。但他有一股蛮劲儿，加上身子矮而壮实，真像一头健壮的牯牛。因为大家从小都是直呼其"牛旺"这个小名，至于他的大名叫什么，我现在竟然想不起了。

毕竟是家族上的人，牛旺在村里犯下命案后，父亲还是将大致情形告诉了远离家乡的我。

从深圳辞职回家后，已经离婚的牛旺，就靠着在村庄内外打零工为生。因为脾气暴躁，容易冲动，做事极其缺乏耐心，还爱与人爆发冲突，原本就沉默寡言的他，几乎完全陷入到封闭状态中。牛旺犯事的起因，说是牛旺卖了一些杉木给赵杰，过了好些时日了，牛旺就登赵家的门催款。钱不多，三百多元。牛旺登门后，双方各执一词：赵家说交易的当天就已经付清款了，但牛旺说一分未付。当时，赵杰的邻居陆光出来作证，说是赵杰已经付了款。无人作证的牛旺，原本就沉默寡言的牛旺，破天荒地与赵杰一家、陆光一家争吵了起来，最后变成了肢体冲突。再最后，牛旺就跑进赵杰家的厨房，拿了两把菜刀，要追杀赵杰和陆光，赵杰爬上楼，陆光则跑进自己家并关上了大门，追杀无果却又失去了理智的牛旺，竟然将手无寸铁的赵杰八十多岁的母亲砍倒在血泊中。

伏法后的牛旺，沉默认罪，最后被判了死刑。

从牛旺的性格看，大家都对该事件的发生和结果，没有半点怀疑。但是，四叔的来信，言语中却提及了牛旺罪不至死。

四叔在信中说：

……在深圳的牛旺，因为有一身力气，因为话不多，很受老板赏识，工作上绝对是一把好手。但是，他的老婆却出轨了，跟当时一同在深圳打工的赵杰、陆光先后有染，这是谁都知道的事情。我们都希望壮实的牛旺会给他们来点沉痛的教训。可老实巴交的牛旺，懂得这个情况后，并没有喊打喊杀，只是把赵杰和陆光赶回了老家。没想到，过了几年，他的妻子又和别的男人好上了。想来，这就不单单是赵杰、陆光的事情了。一气之下的牛旺只好和妻子离婚，离完婚他就独自打道回府。回到家后，他家的杉木可以出卖了，村上只有赵杰办有木材砍伐证和收购证。牛旺只能和他做生意，他们之间的恩怨，已经过去很多年，估计毫无城府的牛旺早就息事宁人。牛旺卖了木头给赵杰后，不知是否已经当场收到钱。反正赵杰和陆光就通过这个机会想整一整牛旺。我猜想赵杰和陆光还一直对牛旺怀恨在心，他们都还在怨恨牛旺当初放出的狠话，说是：要是让我在深圳再碰见你们，就见一次打一次。考虑到牛旺年轻力壮，两人不得不回到老家。所以，在赵杰和牛旺出现争执后，陆光就上来帮赵杰，证明牛旺已经收到钱了。双方争吵中，赵杰趁牛旺毫无防备之时，一棍将他打翻在地，当场昏迷过去。苏醒后的牛旺，就失去理智了，才动了杀人的念头。事情发生后，没有谁能证明是赵杰先动手，牛旺是正当防卫。但是，赵杰那边却有陆光证明。陆光一口咬定，赵杰没有动手。这就意味着，牛旺不是正当防卫，就得杀人偿命。赵杰是什么货色？陆光又是什么货色？全村在深圳打工的人，几乎人人唾骂他们。虽然牛旺杀人是真，但我敢肯定，牛旺是正当防卫，罪不至死……

四叔是用什么来证明信中所说的真实性？我也不懂。四叔只是在他的信中补充一句：

不信你看，会有因果报应的。

该信的落款时间为2010年9月16日。

我一直认为，四叔信中的内容，不过是他的猜测，无凭无据。但没想到的是，在接到四叔来信之后不久，我就闻知陆光竟然突患不治之症，已经撒手归西。也是在陆光病死后，据陆光的老婆无意中提及，当天发生的情形竟然和四叔的猜测如出一辙。就是说，牛旺将杉木卖给赵杰，其实没收到一分钱。而在争论之时，的的确确是赵杰和陆光先动手把牛旺打伤的。我佩服，四叔对牛旺以及赵杰、陆光的性格了如指掌。可见，四叔在异地他乡，善于知人识人。可惜，四叔信中的叙述也不过是一番迟到的猜想，而真实的事情已经过去好些时日，牛旺的生命已经不复存在。要是当时陆光能抛弃前嫌，仗义执言，牛旺就真的是罪不至死。

可惜我们都没能帮上忙，我曾经为此后悔过一段时日，牛旺毕竟是我同宗的远房叔叔。

三

厂叔与我同龄，从幼小玩到上学，从小学一年级读到初三，我们还都是同学。农村学生，留级、辍学是常事。在我们那个年龄段，整个村庄，只有我们俩能一级未留从小学一年级一直读到初三。初三毕业，我升学高中，他却止步了。然后，他与他的几个兄弟，结伴到深圳，开始了其不简单的打工和创业生涯。

和牛旺一样，这位名叫杨厂的人，也是我的同宗远房叔叔。他个子不高，身体瘦弱，话语不多，但忍耐力很强，书读得不错，还是干农活的一把好手。那一年，还不到十八岁，他就跟随打工潮流前往深圳。他到深圳后，凭着自己的聪明才智和敢想敢干的作风，成为全体乡亲们羡慕的对象，成了传奇式的人物。在我读完高中和大学，在远离村庄的地方开始挣一个月三百多元工资的时候，我的厂叔，却已经辞去月薪一万多元的职位，开始自己在深圳创办工厂，从打工仔蜕变成一个能雇用十多名打工仔的老板，资产数百万。

有四叔的信为证：

此人从学校出来后就直接到深圳打工，才十几岁的他，才初中毕业的一个人，很有天赋。他跟随师傅制作工模，工作两三年后，他就超过师傅，自己独立制造工模。电脑设计出的模型，再复杂，只要经他的手，制作的工模分毫不差，大学生比不过他，老师傅也比不过他，很威风，很吃香，好多老板都争着高薪聘请他。工作才四年多，他就拿一个月五千多元的工资，还带徒弟，他的几个徒弟都是大学生，个个都服他。后来，他的工资又慢慢涨，到八千一个月，到九千一个月，涨到一万二千一个月。可是，他却辞职了。老板开价月薪一万五千元他都不干。月薪一万五，我要干半年时间才能达到。他真是敢想敢干，就自己开起了工厂，当起了老板，帮很多工厂加工各种工模，他的两个哥哥、两个弟弟，都辞职来帮他打工，他也招收了好多老乡，资产有几百万了，没有人不佩服的……

该信落款的时间为2004年1月1日中午。

四叔写这封信给我的当年春节，我见到了厂叔。久未谋面，想不到他和他的四位兄弟，都变成了胖子。他们每个人都开着小车回家，携家带口，很是风光。之前，他们五兄弟，先后在村里建起了五栋标新立异的楼房，使得我们村成为外面人艳羡的地方。我还听父亲说，先后有各级领导到厂叔的家里参观，那栋三层楼的洋房，带有楼阁和空中花园，装修豪华气派，赛过别墅，让领导们大吃一惊，也赞不绝口。

也就是那一年春节期间，我们杨氏同宗刚好举行祭祖仪式，全家族的人汇聚在一起，交流情感，猜码喝酒，其乐融融。自厂叔到广东打工后，我还真没有与他有过面对面的交流。他的光辉事迹，都是我从四叔的信中和乡亲们的口中了解到的。我还真不知道，他从哪里弄来的智慧和能量，在乡亲们的心目中树起了楷模之碑。那一次交流，他还问我，我所在的小城商机如何。他还考虑，合适的话还可以去投资。自那一次交流之后，我们没有再接触过，每次春节回乡，也很少见他回老家过春节。听说是厂子越做越大，管理越来越难，而且因为利益相争，他的几个兄弟也先后离开他。他就自己肩扛重任，拼命地干。

那一阵，他那年逾六十岁的父亲，因为在老家爱酗酒，醉后又爱和老伴斗嘴甚至武力相向。没办法，厂叔和兄弟几人商议后，就把他父亲也接到深圳，安排在自己的厂里帮看管物资。厂叔没有给老人家任何工作压力，不过是让他有些寄托，少喝酒，少惹事。可是，不到三年，老人家就突发脑溢血。发病之时，兄弟几人只有厂叔一人在老人旁边。当听到医院宣告无法抢救时，厂叔立即结了账，把奄奄一息的老人抬上自己的车，连夜飞驰回到故乡。

几年后，没想到劳累过度的厂叔，也倒在了自己的工厂里，倒在了他未竟的创业中，走上了和他父亲同样的归途。

四叔后来写信给我：

在他的工厂里，因为只有他才有制作工模的水平，他只能自己带头干活，经常从清早干到晚上，每天都加班到晚上十二点，甚至到凌晨一两点。他是一个胖子，是超胖型之人，又患有高血压，血压最高时达240，最低时也是180，他自己买有血压器，每天量血压。血压最低不能低于180，低于180就会晕倒，就只好长期服药控制。没想到，2008年的金融风暴，他的产品销不出去，销出去的产品又收不回账，因此欠下了一大笔账。当时，一批一批的小型企业纷纷倒闭，但他和他妻子又回家乡的信用社贷款，贷到款后又是拼命干，顶着压力不让厂子倒闭。2012年，金融风暴过去了，时机好转了，他们生产的一批产品却出了质量问题，订货厂家全部退货，让他完全陷入了困境。想不到，那家厂的老板却再次跟他们订了一批二十万元的产品，但时间很紧迫。他认为这是难得的转运时机，必须要抓住机会。于是，他就赶时间加工产品，没日没夜，连续工作两天两夜，想不到，到第三晚，他却因劳累过度而倒下了，就这样结束了生命，才三十九岁。生命多短暂啊！

信末的落款时间为2013年1月5日。

我真想不到，和我一直成长的厂叔，那个身形原本十分单薄的人，从哪里找来了如此壮实的力量，写下了令人羡慕又惋惜的人生篇章。长期以来，我远离故土，远离乡亲们，没有沟通，没有交流，他们却在另一个刮风下雨的天地间，为生存、为名声，经历着让人匪夷所思的风雨历程。在闻知厂叔死亡的消息时，我刚好又读到了居住在罗城一个乡村的诗人吴真谋写的一首名为《故乡》的诗：

故乡，像一个巨大的鸟巢静静地站立

许多小鸟在春天从鸟巢里飞出去

到冬季又伤痕累累地飞回来

有的一只手臂回来，另外一只没有回来

有的五个手指回来，另外五个没有回来

有的一只眼睛回来，另外一只没有回来

有的一只脚回来，另外一只没有回来

许许多多的钞票回来

许许多多鲜活的生命没有回来

许多乡愁回来

许多乡梦没有回来

许多棺材被人抬回来

许多灵魂没有回来

读着乡村诗人写实的诗歌，想着厂叔和他的父亲就这样客死他乡，又不知道他们能否魂归故乡，不禁悲从心生，泪眼婆娑，几度哽咽。很长一段时间，沉痛和悲壮，一同在我内心交织。

四

刘游全名叫刘自游。我们那地方，估计是嫌名字里的字太多过于麻烦，一般都把中间作为字辈的那个字省去，就喊两头。就比如，把刘自游叫作刘游。既简洁，又朗朗上口。刘游与富得流油的"流油"谐音，听起来像是调侃。

还别说，刘游还真的富过一段时间。

刘游长得高大俊朗，一表人才，还能说会道。而且，他的老婆也长得俊俏。

刘游和他老婆是我故乡第一批到深圳的打工者。他们汇聚到平湖工业区的远安厂，工作舒适，收益良好，迅速在我们村里引起轰动。因为他们是先入者，有人脉优势的同时就有了资源优势。后去的打工者，都需要他们引荐，就在推荐老乡入厂这件事情上，他们就赚回了很多资金和人气。到深圳后，流传最多的不是刘游的富裕，而是刘游的节省。

在去打工之前，我们都懂，刘游有些贪赌。到深圳后，他一改常态，不赌了，而是过起了节俭的生活。怎么个节俭法？我不知道，还是四叔告诉我的：

> 刘游到深圳后，就进入当时规模最大的远安厂，工资蛮高的，他的老婆后来转入一家金属制品厂，收入也很高。原先在村里头十分好赌的刘游，竟然戒赌了。他平时很少花钱，一般人平时都要饮料来解渴，他都是以白开水代之。别人早上吃早餐、晚上加班晚了要吃夜宵，他从来不吃，就等工厂里提供的两个正餐。别人有钱了，就脱掉农村带来的土衣裳，改头换面，他却除了穿工作服外，平时还穿从家里带来的旧衣服。他好不容易买了一双便宜的皮鞋，却补了又补，硬是穿了五年多。他不会在春节回家，从他打工后到现在，都十多年过去了，他还没有回去过一次春节。他两公婆，要在春节期间值班，上一天班拿三天工资，而且，春节的车费特别贵，他们就等春运结束后再回去。他的纪录，就是一个月只用不到十元钱。很

多人都嘲笑他，尤其是他们厂里头那些外省人，都笑他是守财奴。但是他不为所动，依然这样。可是，我们不能嘲笑他，因为他是我们村第一个建楼房的家伙。他们用省下的钱，最先在村里头推倒木瓦房，盖起了两层楼房。这就是他的厉害之处。

这是四叔早在2005年10月告诉我的信息，让我很吃惊，想不到环境真能改变一个人。我就怀疑，那句"一头牛牵到北京还是牛"的谚语，到底准不准确？

可想不到的是，不久之后，事情起了变故，牛毕竟还是牛，牵到北京也还是牛。刘游又回到了原先的刘游。四叔在信中说：

那时，他们的生活过得很不错。房子有了，钱也不少，只是，他们只生了两个女儿，没有男孩，时间久了，刘游就有了情绪。有了情绪后，他又参加到一些小的赌博中。夫妻之间也开始闹矛盾，越闹他就越心烦，赌得就越来越大。过几年，他们又超生了一个儿子。有了儿子，刘游又开始戒赌了，夫妻俩开开心心过日子。天有不测风云，他们的儿子出生几个月后，一次发高烧烧过了头，到医院抢救，又听说是患麻疹，我也没搞清楚情况，小孩就医治无效死掉了。夫妻俩哭得死去活来。而且，他老婆又无法生育了。自那以后，刘游对生活似乎失去了信心，无心上班，只沉浸在赌博中，赌啊赌啊，就把所有的积蓄都赌光了，夫妻俩的矛盾一天比一天恶化。不知是谁支的招，他老婆说要跟他假离婚，让他再娶老婆生一个儿子后他们又再复婚。他听了老婆的话，就去民政局办理离婚手续。还没待他找到新的老婆，第二年，他的原老婆就嫁给了别人，而他到现在还一直单身。可是，他已经离不开赌博了。原来，他是多么厉害的一个人啊。他在我们厂，从学徒，干到师傅级，技术很够力。现在，他什么厂也不进，等到赌光了，他才又进厂干一两个月，领到工资了，就又拿去赌；赌完，他又进厂干几个月，然后又出来赌。就这样进进出出，反反复复，任何人劝他都没有用。他已经像一堆烂泥，扶不上墙了。

我以为环境能改变人，环境能让一个人把他心中的那份坏习惯扭转过来。我的想法错了，现实很残酷，因为刘游真的又变成赌鬼刘游，变成一无所有的刘游，变成一个没有前景、自暴自弃的刘游。读到四叔来信的那阵子，我正在一个校园里培训。我看见学校的一面墙上写着：好学校，就是一座熔炉。当时我就联想，好学校是一座熔炉，可以把杂七杂八的废品回炉成好材料。要是把刘游也放到这样的学校来回炉一下，说不定就能彻底改变他的形象和命运。可是，他没有这样的机会，也没有人能帮他。刘游的处境，毕竟还是他自身造就的。对此，我从信中看得出，四叔有些气愤。因为，刘游是四叔的表弟，是我的表叔，都是亲戚一场！

刘游的家就在我老家的斜对面，有多少年没见到他了，他那年轻帅气的形象还浮现在我的脑海中。我知道，现在的他已经比我要苍老，离年轻帅气已经很远。他家的楼房，曾经是村里头的第一栋楼房，现在已被岁月的风雨冲刷出无数伤痕，在我们村庄上随后建起的三百多套楼房中，显得十分矮小陈旧。

五

四叔的信，不全都是悲痛或者凄凉的故事，也有积极向上、让人鼓舞的。他信中的甘天送，就是其中一例。

甘天送在我们村里的打工队伍中属于年轻一辈，是新世纪学历较高的一批打工人。这么些年来，我们村里先后出了不少的中专生、大专生、本科生，他们身揣知识，胸怀理想，勇于尝试，竟然在异地他乡创出了一番业绩。

从桂林电子工业学院毕业的甘天送，名字很吉利，事业也很顺畅。四叔在他的信中，极其褒扬：

　　从大学毕业后，他竟然不像你们去找铁饭碗的工作，也来打工。据我所知，他是我们村第一个来深圳打工的大学生。虽别的地方早就有很多大学生出来打工了，我们村也有朝宣、唐波等中专生来打工，但我们村真正来打工的大学生他是第一个。来到深圳，他就进了一家大型电子厂。他勤奋好学，又吃苦耐劳，才三年多时间，就当上了采购部的经理，一个厂的电子配件几乎都由他来订购。他成了红人，多少客户老板要请他上五星级酒店，多少客户老板想塞红包给他，他竟然一次又一次回绝，不为所动，没有接受那些诱惑。我们都佩服他有骨气。所以，老板就不断给他加薪，不断重用他，年薪都已经达到五十万元了。老侄啊，五十万元，估计我这一辈子都积攒不了。

不仅仅是他一个人在此有成就，他还义务帮助老乡进厂工作，其中有大学生，也有非大学生。所以，他的口碑非常好。

我很佩服甘天送的成就和行为，认为他是我们村最有成就的人。

想不到，四叔后来又写信告诉我另一个人的状况，这人名叫杨鑫。四叔写来的这封信，我竟然找不见了，但对他描述的杨鑫的形象却十分深刻。虽然同村，但因为年龄差距大，家也离得远一些，我对他根本没有一丝印象。说到他父辈，我才感觉到好像有那么一个人。杨鑫原在广东佛山的一家瓷砖厂干活，因为才有初中文化，开始进厂时不过是一般工人。但他和一般的工人不一样，爱琢磨，用书面点的话说是爱学习钻研。想不到，生性机灵的杨鑫竟然琢磨成功了。就在瓷砖的釉面色彩颜料配方上，他在反复琢磨、私下实践中，搭配出专家们打破脑壳也想不到的色彩。他的东西一出市场，商家竞相争购，让生产商喜出望外。真是神了，一夜之间出了高人。

身怀配制秘方的杨鑫，像他配制出的瓷砖色彩一样，也成了生产商的争购对象。那一刻，他的身价数十倍增长。然后，他从佛山辞职，转向更加遥远的山东。在山东淄博，他脚踏五只船，分别给五家工厂当瓷砖釉面技术专家，每家的配方虽然各有不同，但都是出类拔萃的，而且经常推陈出新，让人眼花缭乱。现在，他年薪达到两百多万元，已经在淄博娶妻生子，买了房子，开上了奥迪。不仅如此，他还回到家乡的县城买房，投资林业、商品批发等，带动部分亲戚和老乡就地创业。

他们作为20世纪80年代出生的年轻人，将故乡的打工层次推到了新的高度和新的层面。

我佩服他们，也感激他们。

但同样是80年代出生的年轻人，陈有山的表现就与甘天送、杨鑫等人大相径庭。

陈有山是大专生，也称为大学生，到深圳后，跟随好吃懒做的老乡游手好闲，不愿在工厂里干，不愿死守一个月几千元的工资，而是搞起了偷盗抢劫。他们形成团伙，从越墙入厂偷钢材、偷电缆，慢慢发展到偷摩托车，然后到抢劫。最后，他们又去偷汽车，就在偷汽车时被车主发现，他们竟然将车主打死后逃跑，但最终还是落入法网，被绳之以法。

我很为他惋惜。

有时候，四叔还很幽默，比如在谈到我们村王大火的一些幽默举动时，就让我忍俊不禁。这个搞怪的王大火，因为年纪与我相距甚远，他的经历我一概不知。从四叔的反映看，这个王大火文化少，其言行让大家难以言说。按照厂里规定，平时上班都要穿正装，西服领带。别人下班了，就换回休闲装，但王大火不换，整天都是穿西装打领带，里头的白衬衣的领子已经黑得不能再黑了，他还是一本正经地穿着。有一天晚上，他和同伴到别的厂去找老乡，门卫问他是哪个地方的，他对着门卫就说，我是龙凤的。门卫不知龙凤为何处，看着王大火西装革履，还一副正义凛然的表情，还以为龙凤是什么大地方，竟然把他放了进去。夏天，他回到老家看望父母，正逢着收玉米，他竟然穿着西服、打着领带，背上背篓就去地里收玉米，那个热啊，不知多难受，但他依然我行我素，让父母哭笑不得。还有一回，他从深圳打电话回老家，没有拨区号，就把号码拨到当地的某个家里去了。讲了几句，他回过头跟老乡炫耀：哎呀，这个时代变化得真快啊，我来这么多年才学会广东话，我爷爷在老家竟然也学会了广东话，够时髦的。王大火，就是这样的一个人。按当前时髦的话说，就是那么任性。

说实在话，甘天送、杨鑫等年轻人，从年龄上看，他们已经是晚一辈，我对他们中的很多人几乎没什么印象。但每次看到四叔在信中提及他们的成就时，我就感到兴奋，平添了很多骄傲。但是，我又有些担心，害怕他们中的一些人会像刘游一样，不能坚持到最后。刘游从那么节俭的状态最后还是变成了扶不上墙的烂泥赌鬼，其他人，也难免出现同样的情形。但愿，我的这种担心永远停留在我的心里面，不要成为现实。我也真心祝愿，我们村里头的甘天送、杨鑫等，在守住他们的成绩的同时，也能守住最后的纯粹。

六

故乡是一个典型石山盆地，四周被大山围裹得密不透风。我的众多乡亲们，能冲破这些围裹，到远离大山的海边，寻找谋生的途经，拓展生存的空间，我很佩服他们。四叔的信，告诉了我很多他们的所得所失，所思所想，又让我进一步理解他们、尊重他们，也想念他们。

我的乡亲们，去到那片天空下，有的遇上了知心人而结婚了，有的原本已经结婚的却又离婚了，有的被拐卖失去音讯多年后又才联系上，有的做了小偷被关进监狱，有的还成了抢劫杀人犯被在异地他乡执行了死刑。有让人赞叹者，也有让人唏嘘者。人的命运，应该是用一条绳子做成的。生命便总是以曲线的方式行进，笔直一阵，曲折一阵，或者干脆绕成一个圈，让自己无法把握，也让别人难以捉摸。这不，眼看到旧年的年底了，四叔突然发来一条手机短信，一长段文字，没有标点符号，让我有些惊愕。惊愕之余，再仔细阅读短信的内容：

……到明年5月底我与工厂的合同就到期了我就和你四婶一同返回老家……

每个人都会变成倦鸟，总要归林的。我不知道如何回复四叔的短信。此刻，我才想起，很多年了，我一直没有回复过四叔的来信。

2015年11月

青山有语

我是热爱青山的，热爱它的壮实，热爱它的青翠。

山是挺拔，是坚实，是昂扬，是难抑的热情；青是雍容，是华贵，是柔和，是无限的沉醉。山因青而魅力四射，青因山而生机盎然。

带给我这些感受的，是我的故乡。

近几年每次回乡，我都会对故乡四周的山头另眼相看。那些翠绿，那些蓬勃的生命成长之势，让人欣喜，让人清新，也让人添了些许自豪。

住在城市的人，他们对城市变化的惊叹，大多来自楼房变高了，马路变宽了，商业变繁荣了，人群变得拥挤了。我对故乡变化的慨叹，却与道路、楼房无关，与人的多寡无关，我赞叹的是我眼前的巍峨、挺拔却又青翠葱茏的群山，欣喜故乡人对青山的爱护和珍惜。

我的故乡镶嵌在绵延的大石山间。尽管是层层石山，但山中并不缺乏生养树木的土壤，因而，每一座大山都会尽力孕育着翠绿的生命，让无尽的绿意披裹在身上，让自身变得丰硕、华丽而魅力无穷。在那一段有些荒诞的岁月里，故乡的山头都被晶亮的斧头横扫了一遍，变得满目疮痍，不忍直视。这段岁月离我相去甚远，但留在山上的那些没有消退的痕迹，现在依然在我的脑海里扎根。

我十岁左右时，故乡的山峰依然没有逃过斧头、柴刀的戕害。当时的我，也参与其中。记得当时半山腰以下，几乎找不到像镰刀刀柄般粗大的树木了，而且山林全都分到各家各户，哪家缺柴了，就会到自家的山林里，想怎么砍就怎么砍，想砍哪一根就砍哪一根，面对棵棵长了几十年的生命之树，没有半点犹豫，没有半点怜惜。

我常常在放学、周末时和同伴们背上柴刀去砍柴。山腰以下平缓的地方没有树木了，我们就朝悬崖爬去。当时人小身轻，攀岩爬树，根本不是难事。即使是高不可攀的绝壁，我们照样毫不含糊地爬上去，因为那里有我们十分渴望的柴火。

那些长在悬崖峭壁上、与我们手臂一样粗的生灵，应该有十年、二十年、三十年了吧，我们根本不考虑它们的年限，不考虑它们生长的艰辛，不考虑它们祈求的眼神，也不考虑它们痛苦的哀求声。它们会发出声音吗？应该会的。但当时我们是不会耐心停下砍伐，去慢慢感受那些细微的申诉。那些生长得十分艰辛的生命，就这样在我们的柴刀下，一刀、两刀、三刀，戛然而止了。

现在想想，当时的我们是多么的愚昧无知。

这还不算狠毒的，更狠毒的还有呢。因为山林分家到户了，有的人家为了砍柴火去卖，竟然请人把自家的山林从山顶削平到山脚，连手指粗细的树都不放过。从山下往山上一望，那痕迹残酷得让人不敢多看一眼，就像一颗头发浓密的脑袋，被人用剃刀剃光了那么一溜，留下惨白惨白的头皮，看得人起了一身的鸡皮疙瘩。

更要命的是不久就会发生山火，一次一次山火熊熊的火势不知蹂躏了多少山头，不知映红了多远的天空，不知让少年的我被焚掉了多少的美梦。

现在想想，还在骇然不已。

进入20世纪90年代后，乡亲们的思想一夜之间转变了，意识到山必须有林，山必须常绿的重要性。村里将分到各家各户的山林收归集体，统一进行封山育林。

从此，故乡山头的生命成长之势，再次蓬勃起来，蓬勃得使我少年时的负罪感减轻了许多，释然了许多。

在我居住了十余年的小城，同样是四面环山。但令人遗憾的是，其山火之频、草木之稀，让人唏嘘不已。因而，回到故乡，看到满眼的葱茏，吸到满腹的清香，能不激动欣喜吗？

故乡的四周，能望得见的共有十八个山峰，它们高低不一，形态各异，但它们有许多共同之处，就是一样的青翠葱茏，一样的笑靥灿烂，一样的魅力四射。

谁说青山无语？

请想一想，那一座座绿意盎然的山峰，真是绿得广袤，绿进人心，这些有些恣意的翠绿中，孕育着多少生命，储藏着多少希望，释放着多少欢悦，散发着多少激情？

风过处，层层翻滚的林海浪花，不正是青山的笑容？阵阵回响的林海涛声，不正是青山的笑语？

2007年5月

乡村音乐

　　故乡的音乐离我越来越远了，这之间的距离不是空间上的，也不是时间上的，而是指一种感觉，就是那种像初春田野里的风声一样的感觉，被一些麻木、狭隘和有些冰冷的雨水淋得太久了，正在我的记忆中慢慢褪去清新、恬静的颜色，由浓到淡，一年不如一年。

　　1996 年的冬天，学校放寒假我回到家，当天夜里全村停电了，我就在烛光下写日记，突然，有小女孩的歌声从不远处悠悠传来，凝心而听，唱的是："床前明月光，疑是地上霜；举头望明月，低头思故乡。"几句诗句，被小女孩用歌声表达出来，响亮在宁静的乡村夜空里，明亮，清脆，孤寂。唐诗人郎士元在听到邻家的笙声之后曾作诗云：凤吹声如隔彩霞，不知墙外是谁家；重门深锁无寻处，疑有碧桃千树花。我也觉得小女孩的歌声中隐约有一丝凄艳，还真像一朵寂寞的花朵。我走出屋子，抬头看天空，没有月亮的夜空幽静深邃，我想，若是有月亮就好了，哪怕是一道弯月，都可以扫除眼前的清冷。之后，我在那个夜晚的日记里补充说：幸好，天上没有明月，我也不是身处异地，假如真在他乡作异客，听到这独自吟唱的歌声又看到幽静的月色，谁都会泪湿巾衫的。

乡村音乐，确切点说，响在乡村的音乐，它朴实、单纯，甚至还有无法掩饰的野性，但它却有鲜艳的色彩，并具备一股强大的吸引力和穿透力，让人无法抗拒。真正带给我这些感受的，是阿六叔，一个已经从世上消失了的乡村音乐人。

阿六叔在我的记忆中，有关音乐的，似乎无所不能。因为天生有病，二十多岁的阿六叔脸色泛白，形体虽不显得瘦弱，但浑身使不出力，唯一能帮家里忙的，就是放牛。活跃的阿六叔，在村子里，无论童叟，都可以直呼他为阿六，也有叫他阿六叔的，就如我，至于其真名，我到现在都还不知道。我们一帮看牛娃，常伴随他左右，在放牛的山坡上跟他学用叶子吹各种声音。一张简简单单的叶子，在他的嘴唇间，时而鸟叫，时而鸡鸣，惹得一旁的人心痒痒的，就跟他学。那时间，我吹破了无数张叶子，连嘴唇都吹肿了，两腮发烫了，也没弄出一点像样的声音。但阿六叔却教得很认真，不论是谁，他都尽心尽力地教。他一遍一遍地示范着，吹破了一张又一张叶子，时常弄得气喘吁吁。除了吹树叶，笛子、二胡、口琴、唢呐等，阿六叔都玩得很随意。更绝的是，他会自己制作笛子和二胡。我们放牛的山坡，遍地都是竹子，来了兴致的时候，阿六叔就会挑出几根竹竿，为大家做几管简易的笛子，或横或竖，每人一支，然后，再破几根稍大的竹子，取出透明的竹膜，用来做笛膜，让大家尽兴地学着吹。那时，尽管阿六叔已全身心地教了，我们也拼力地学了，但都只能是弄出一些声响，离音乐似乎还很遥远。后来读到描述《水仙操》创作经过那段文字，说是伯牙跟成连学琴，三年而成，但是"精神寂寞、情之专一"却学不到。成连便带伯牙到蓬莱山，留伯牙于岸上，自己则划船入东海中，一去半月未归。"海水汩没，山林窅冥，群鸟悲号。"伯牙悲痛欲绝，仰天长叹："先生将移我情矣。"最后援操而作歌："繄洞兮流斯护，舟楫逝兮仙不还。"伯牙终于成为天下的妙手。音乐，响在乡村的音乐，与人们有着无限的亲密，而真正能把情感以及生命的意识融入其中的，毕竟非常少见。我们只是简单地在技巧上学习，终究是行而不远的。也许是阿六叔对音乐有着天生的敏感，不管是拉二胡，还是吹唢呐，他都做到了身与心的和谐，大喜或大悲，让人叹为观止。

有一天在找牛回家时，阿六叔家的牛不见了，大家便把各自的牛拴好，一同帮阿六叔找，在附近只找到了掉落的牛铃。天色在渐渐地暗下来，我们都很着急，显得有些慌乱，阿六叔却安慰大家说："不要慌，我们分头找。"我便和阿六叔一组，往山坡上爬，一边爬，我们就一边学牛叫，希望能听到我们迫切需要的回应声。我们爬到山顶了，也没听到半丝声音。四周静悄悄的，我只听见阿六叔有些紧迫的喘气声，隐隐约约中，阿六叔的脸也似乎更加青白，我便要求歇歇气。歇了一阵，阿六叔就随手摘了一张叶子，吹起我们最爱听的《歌唱王二小》。他吹得比以往都投入，浓浓的情感，亲切的声音，在暮色里飘荡，散发着树叶的清香，而且我们又在山顶，真不知道，那声音传得有多远呢。我正有些得意和陶醉之时，就听见有牛的叫声悠悠地传过来。阿六叔也立即停下来，朝着牛的声音奔去。

以后的岁月里，我们一天一天长大，外出读书、工作，与故乡越来越疏远。阿六叔在多年前就撑不住了，离开了他喜爱的音乐。

一次，在一个异乡的村庄里，我偶尔听及了笛子吹奏的《康定情歌》，又想起李白"此夜曲中闻折柳，何人不起故园情"的慨叹，便心生忆起了阿六叔横笛于荒野的情景，那久远的情景，竟然还能催人泪下。

2001 年 8 月

有种植物叫山苕

祖上从湖南、四川、贵州等地迁徙到巴马县燕洞镇五弄片一带的汉族人，把书名叫作山药的多年生草本植物，统统叫为"山苕"，叫得俗气直白，也叫得野味十足。

关于山苕之事，沉淀在记忆深处已经很久很久了，一直没想打捞它。近日读到麻保的《相约淮山事》，又吃到阿考他们送来的淮山，之后，精神与食粮组合成一把钓钩，把我记忆深处的有关山苕的往事，像钓鱼一般，慢慢钓了出来。

小时候，和小伙伴上山打柴，经常碰到刚冒出地面的山苕嫩芽。有的长在石槽里的老山泥中，我们就顺手一拔，那些不费吹灰之力得到的果实，如镰刀柄一般大小，惹人喜爱；有的长在泥地中、石缝间，没有专门的工具，还真是没法动它。况且我们的主业是砍柴而不在于挖山苕，没必要恋战。哪怕看见出土的嫩芽粗壮，知道隐藏在地底下的果实很丰沛，也只能"爱而释手"。

记得是读初中时期，一天周末，我终于下决心，打算一个人到山上真正挖一次山苕。因为缺乏经验，我仅带了一把小钢钎，便出行了。踌躇满志、意气风发。我们那一带，都是大石山，山上石头多，但泥土也不少。泥土都是林木的叶子、树根腐烂后形成的，我们称之为山泥，肥沃而松弛，利于草木生长，当然也就利于山苔的生长。

　　因为年纪小，又是一个人，胆怯，不敢走远，也不敢爬高，我就在后山的山脚寻找嫩芽下手。正在我挖得起劲时，便听见不远处有石头滚落的巨大响声。抬起头，才发觉距离我三五十米的地方，有石头滚动。原来，我处的位置在一大片悬崖下。而此刻，有人正在悬崖上方挖山苔，撬动的石头，便从悬崖顶端滚落下来。上头的人，不知道此时的悬崖下竟然也有人在活动，从而让石头自然滚落。我直起身时，还看见一串小石头也随之滚落。山下的小路上，有位老人在大声疾呼，让我快点撤退。处在山林间，行动不便，我只好望着石头落地，砸出巨响。就算石头朝我砸来，我也避之不及。

　　庆幸，那些滚落的石头，没有侵袭我的地盘，没有要了我的小命。

　　但我终究不敢久留，便悻悻而归。从那之后，我再也没有产生挖山苔的兴致。三十多年来，我的头脑里，也没有独行或结伴去挖山苔的痕迹与记忆。

　　山苔，毕竟是食物，生活中经常接触到。市面上卖的，就有很多种类。歪歪扭扭、有失尊容的，那是野生品种；细长笔直、面目清秀的，那是培育品种。何时何地，一眼便可识别。吃山苔、辨认山苔，于我来说不是问题，但真正说要挖山苔，我就为难了。

　　麻保、阿考等，皆为五弄片的老乡。在老家，大家邻村而居，相知相识；在城里，大家同为一城，相帮相助。但是，过往岁月中，他们结伴出行，去挖山苕之时，我却总是错肩而过，没有交集。

这一次，钓钩既然把往事钓出来了，心里便澎湃而动。碰上周末，天朗气清，几乎是央求般，让他们再带上我，再次去过过挖山苕的瘾。

我们直达环江某地，这是他们熟悉的地方，是一座土石结合的山，山上土质肥沃、郁郁葱葱。想不到，他们挖山苕的设备让我大吃一惊。那些设备有的是定制的，有的是专购的，让我眼界大开。有的定制工具，两头都有用，一头如錾子一般可凿动泥土，一头如钢钎模样可撬开石头。还有铁铲、薅锄、镰刀、钢钎、撬棍等，不说十八般武艺，七八般武艺还是绰绰有余。

挖山苕，先是会判断地形，还要看土质。土山上，山苕根茎大，果实丰硕，但开挖的难度很大；石山上，山苕根茎小，果实相对薄弱，但易获取。所以，选择什么样的地形和土质下手，就很关键。设备好，时间充裕，体力充足，可以在土山大干一番；设备不足，时间有限，心态纯粹是为了锻炼、玩乐，就选择石山。

然后识物，从一根古藤判断是不是山苕，然后再判断储量，值不值得下手。先说辨货识物，得从一根毫不起眼的枯藤下手，看它的藤状、藤节。山苕的藤蔓牵得很长，呈椭圆形，分节。记得小时候，经常到后山山脚，摘山苕藤上的山苕蛋。一根藤蔓上，会结出青黑的小果果，我们称之为山苕蛋，书里面叫作山药蛋，大同小异。一旦认准了藤蔓，就要根据枯藤的大小辨别果实的多寡。认定无货，可另寻他处；若是认为有货了，便要寻找藤根，找到根部的位置，研究地形，看看是否能下手，下得了手。挖山苕的阵势，有点像探矿和挖矿一般，既要善于判断其走向，还要判断深浅和构造。一旦通过论证了，便可操持下去。既然动手了，就要有点毅力，遇泥挖泥，遇石撬石，不能率性而为，更不能半途而废。有时，不过一两斤山苔，挖出的土石达到一两方，深约一二米，没有毅力，没点耐心，还千万别碰这活。尤其是，动了很多气力，眼看得货了，山苔来个拐弯，钻进石缝里头了，工程量突然几倍增加，恰逢当时工具不齐，只好痛心放弃，只好自娱自乐为锻炼身体。这时候，需要的就是心态了。

挖山苔，还要会判断雌雄。雄性山苔，根茎单一，果实就一条，但钻得深，可达五六米；雌性山苔，则是在土中分叉，入土较浅，但根茎复杂，果实丰富。所以，一旦通过枯藤判断出山苔的雌雄，在力道上便好把握。

我的老乡们，竟然都是挖山苔的高手。不仅工具齐全、阵势不凡，而且辨货识物、判断地形、研究走势，均是行家里手。

关键是他们有气力，有耐心，有毅力。

我和阿荣，对着山苔根，持续挖下去一米多，还不见根茎和果实，我说难度太大，不挖了。阿荣说，才刚开始呢，坚持。我便又坚持。眼看接近两米了，才挖得一小节。我又要打退堂鼓了，但阿荣却不依不饶，耐心十足，毅力满满。我只好硬着头皮跟着干。后来，我们实在挖得太深了，尽管挖下去也还有料，但需要付出的时间和体力太大，阿荣才只好放弃。在我嘀嘀咕咕时，阿荣安慰说，有的山苔可以深入地下八九米。我咂咂舌，只好认输而另择他处。

我在旁边看着阿考挖时，想到麻保说的，阿考在一帮人中挖山苔的水平最高。便想眼见为实。确实，阿考挖山苔很有策略。对一般人来说，见到山苔，都是急匆匆沿着根部往下挖。但阿考不一样，先观察好地形，判断山苔钻入地下后的走向，然后从低矮处下手，再慢慢向根部发力，既省时省力，又能保证山苔的完整性。眼前的阿考，依然采取迂回战术，从低矮处下手，旁敲侧击，进展很顺利，眼看挖到一米余深，才发现山苔竟然钻进石缝里了。石缝又是几个超大石头构成的，下钢钎的余地都没有。阿考直起身，喝了一口水，便笑着对我说，老猫也有跌碗架的时候。我则寻思，这山苔，竟然也需要依靠，一则是要依靠大树，便于藤蔓牵延，便于结出山药蛋；二则是要依靠石缝，便于隐藏果实，像是有灵性的动物一般。

我便发觉，山苔，野生于天地间，吸山川之灵动，沐日月之光辉，聚岁月之精华。

作为食物，它质朴无华，品味上乘。山苔除了包含淀粉，还含有蛋白质。用灰烬来煨熟，滚烫热烈，味道纯粹；用来煮汤，添点葱花，汤味鲜美；用来油炒，拌点香菜，香气逼人。为药膳，它驱寒补虚，功效诸多。可养胃，可去火，能补肺益肾；能润皮毛，可长肌肉。凡此种种，不胜枚举。

我曾经到江西、河南等地，考察过山药的种植情况，看见成片成片的山药种植基地，也看见路边一堆一堆的山药。有的是铁棍山药，如普通扫帚把一般大小长短，可食可药，在南方的市面经常有，宜存放，只是味道一般；有的是北方人说的淮山，粗壮如手臂、小腿一般，虽然有点吓人，但也可食可药，不过在南方市面很少见，味道与药性如何，便不可而知。

便很自私地认为，山苔还是家乡的好。

之前我曾经认为，山苔都是野生于山林间，挖山苔会破坏生态环境。

这次与几位老乡的行动，打消了我的顾虑。挖山苔，并没有破坏生态。大家挖出坑洞后，都要把山苔的新芽放回去，然后回填泥土，这样既便于山苔来年再生根结果，也能避免土壤的流失。其实，挖一次山苔，相当于顺便为山坡松松土，利于草木长势更好。我的一位姑父，是挖山苔的能手，他一边挖一边回填泥土，并把已经发芽的那一截，又马上种回去。所以，他掌握的资源很丰富，每次出手皆有收获。丰收时节，他还可以订单作业，这就归功于他的挖而不断、当即修复的可持续意识。当然，从生态发展的角度来说，对山苔挖得过于频繁、过于泛滥，终究不是好事。世间的事情，大家都能克制一下，保持好度，就能避免太大的破坏与伤害。

2020年7月

想象故乡有条河

我开始想象故乡，想象故乡有一条河。

在我的想象之外，故乡是没有河的。因此，在过去的岁月中和现在，我都毫无厌烦地慨叹：故乡，能有一条河缓缓流过，该多好啊！

今年的7月和8月，我在荧幕上看见长江、嫩江和松花江的洪水铺天盖地。从画面上获得的震慑总不及亲临目睹，尤其对从未临近过这些江水的我来说，许多有关洪灾的细节，不得不凭借一些想象。想象之中，漫天的大水把我一次又一次给淹没。但是，在我心灵的深处总缺少一份牵挂，缺少那种生命受到威胁时的恐惧或绝望。缘由是那些江水离我的故乡太遥远了，离我也很遥远。而且，我的故乡也远离着河流，远离一切河水的温柔与凶猛。我们都知道，每个漂泊者都与他的生命之源离得最近，越是在空间上离乡土愈远的人，越是在心灵上与乡土贴得最紧。所以，在大灾的岁月，看见自己的故乡平静得像根本就不存在之时，谁又不在心中默默欢悦一阵呢？

但欢悦之后又该想些什么？能把故乡没有河流当作是荣光加以

112

炫示吗？不能啊，我只能是有些愤恨自然的不公平，且还埋怨祖先选择栖居之地时太过盲目。有一条河，即使偶尔有那么一次水灾又如何？大自然很神奇，也很广大，抬头看看，天那么宽阔，它想在哪里多降点雨，你能阻止吗？一切事物都处于矛盾之中，只有如此，整个世界才能永远充满活力。我想，永远没有灾难的地方，不一定说那地方就能繁荣和昌盛。

因为故乡没有河流，我的童年生活才会变得非常地破碎，有关于在故乡里发生的许多故事，也是那么的零星和朦胧。河流就是一条线，它能将周围滋生的一切慢慢地串起来，即使千百年过去了，后人仍可以寻着这条线，走进那些淙淙不息的故事之中。对于没有河流的故乡，我只好不停想象，想象故乡有着一条河时的情景：静谧的河水流呀流，小桥下面，是一群灵动的鸭子；河岸常青着一些树，树上有永不歇息的鸟鸣声；浅水滩上，一群孩童在跟随小鱼群逆水而上，简陋的码头泊着两三只小渔船，渔船的不远处，几名少女在浣洗着她们缤纷的衣裳……这是 11 月的一天，我坐在灵渠"湘漓分派"处，看着湘江蜿蜒北去时的想象。想象之中，我神态安详，看见薄薄的流水浸过古旧的堤坝，古老的渠道则在眼光中慢慢伸延。想象之后，我还对自己说，也许，还有很多很多有关于河流的传说呢。想象其实就是一场梦，梦醒后，倒是乡亲们一次又一次对冬雨的绝望，深深搅痛了我。

我曾看到过这样一幅画面：一位挽着裤管的中年作家，在浅水滩上迎着风走，其身后就是茫茫的江水，江水上有一行文字：在故乡的长江边散步。这画面顿时就把我给感动了。在我认为，写作的人是一条鱼，他必须最先在他故乡的河流里学会生存并锻炼出良好的水性，最后才能进入江河或大海中去享受那些美丽的自由与辽阔。

　　河流永远飞扬着清纯的气息，永远流动着神秘的灵性。一切安谧和深邃的思维，都能在缓缓的江流中得到净化和升华。钟灵毓秀，倘若没有河流，孔夫子就不能低吟"逝者如斯夫"，苏东坡亦不能高唱"大江东去"。如今，我的故乡依旧在一个石山区静卧着，满面尘垢。那条从故乡的村头悠然到村尾的河流，只能永远在我的想象中流淌。

1998 年 12 月

天开图画即江山

　　从贵州境内湍急而下的龙江河，犹如逶迤的彩缎，从云贵高原的南麓翩然东去，让这片高山峻岭有了山水田园的气息，让这方水土有了旖旎的风光，有了独具的魅力，成了天然的图画。河池市境内的六甲小三峡，便是这天然图画中的一笔浓墨重彩。在距河池市城区四十余里的六甲镇龙江河上游打狗河段，建了一个名为六甲电厂的小型水电站，大坝一横，上游的水面得到了抬升，峡谷就形成了一个狭长并可以通航的库区。恰好，该河段内，奇峰延绵，形态万千，与碧绿的河水浑然一体，相映成趣。因而，奇山丽水间，一处绝妙的景观便脱颖而出。自1991年始，这一带被当作旅游区予以开发，将河段内的三个主要峡谷分别命名为天门峡、凉风峡、龙门峡，简称"小三峡"。

　　后来，为了提升小三峡的品牌影响力，有人动议将之易名为"姆洛甲女神峡"。姆洛甲为壮族传说中的女神，是布洛陀的母亲。按照传说中的意思，姆洛甲是一位造天地、造人类和万物的女神。没有丈夫的姆洛甲，赤身裸体爬到高山上，让风一吹，就怀孕了，她从腋下生下了自己的孩子。她见地上太寂寞，便又造了各种生物。正是依托这样的一个传说，一些人为了将处于六甲境内的小三峡与举世闻名的长江三峡以及长江三峡内一个支流上的小三峡区分，主张把此处的小三峡易名为"姆洛甲女神峡"，也把原来的天门峡、凉风峡、龙门峡分别易名为歌仙峡、姆洛甲峡和布洛陀峡。这样一改，虽然有了明显的地域性了，但包括我在内的很多人都认为，这个称呼牵强而且拗口，不如小三峡的直接和亲切。习惯上，大家还是喜欢沿用"小三峡"的称谓。

但不管称谓如何变换，这里水碧山青宜入画，这里的神话和传说多姿多彩，意趣横生。尤其是两岸山峰，似与天接，气势恢宏。而清江之上，则轻波细浪，神韵天成。这样的景致，正是一处寻求宁静、养育身心的好去处。

到了六甲镇上，再往前十里，便是小三峡景区。进入景区有两条路，一条是翻越山坳的车路，一条是途经大坝和绝壁的栈道。修建不久的栈道，是镶嵌在水面的绝壁上的，身在其中，让人能在近距离对视高傲的水坝之际，也充分领略到在水面、绝壁间前行的惊险与刺激。

栈道尽头，便是登临游船码头。码头的前方，就是一片较为开阔的水面。平视前方，水面上突兀着一座山峰。"仰见突兀撑青空"，眼前这座孤傲挺拔的小山峰，孤独地撑着一片青天，构成一幅清甜、动人的风景，亦显示出一峰独秀的魅力，让人有些醉心。

还未进入小三峡第一峡的天门峡，两座高与天齐的山峰，就像从天而降的天将，壁立于绿水间，自然地组合成一道豁然洞开的天门，气势恢宏而威严。应该说，这原本就是一座大山，只是亿万年前的地壳运动，一股巨大的力量把它劈成了两半，然后，一道洪流奔腾而下，便组合成今天这幅瑰丽的图画。被绿水拥吻的翠峰，突兀挺拔耸立齐天，令人仰视之心惊，眺望之目眩，很有清代诗人张衍懿所描述的"拔起危峰万仞雄，势临百粤控南中"的气势，让人惊叹。从江面挺拔而起的山峰，正以非凡的气势展示着山河秀美、壮丽的风采。身处此境，如梦如幻，身上的疲乏因此得以消解，心中的尘土因此得以净化，这或许就是山水神韵的玄妙之处吧。

逆水而上，在天门峡之后右岸的青山间，静卧着一座小茅屋。孤零零的小茅屋，一身简朴，一身沧桑，正宁静地享受着大自然的秀美与安宁。听说有渔人在茅屋里居住，但我却从未见过半个身影。苏东坡曾有诗句："孤山孤绝谁肯庐，道人有道山不孤。"有人愿在这寂静的山水间，耸庐栖宿，在撒网的间隙，倾听水上的祥和，还为荒山野岭增添一些真情，这不得不让人心有所动。荡漾在绿水边的小茅屋，每次出现在我的眼前时，都似乎比与这方山水有关的神话、传说要形象，要生动，犹如一曲优美的丝竹之音在青山绿水间袅袅弥漫着，使我在一种天然的幽静中陶醉，也使眼前的山水变得更有灵气和人情味，让人心旷神怡。也许，"山不在高，有仙则名；水不在深，有龙则灵"的境界就是如此。

过了天门峡，左岸上有一小群连绵起伏的小山峰，正组合成一道酷似长城的天然图景。在长城旁边，还有两个凸起的山包，又组合成一个马鞍，传说，这些都是壮族英雄莫一大王修筑和留下的。传说莫一的母亲怀莫一刚满九个月的那天夜里，梦见屋前的葡萄藤变成一条飞舞的大蟒蛇破门而入，之后，她立即生下了莫一。莫一自五岁开始舞枪弄棒，十五岁就能舞动九百斤重的铁杆枪、拉动八百斤重的弓。后来，莫一的才能被皇帝知道，遂被征召去带兵打仗。立了大功的莫一，被皇帝封为将军，还得到一匹皇帝赠送的腾空马。武功盖世的莫一，得到皇帝的赏识，一些嫉妒他的大臣便在皇帝面前陷害他。莫一知道此事后，立即骑了腾空马回到河池公华。皇帝派一名大将率三千强兵，走了九天九夜赶到公华，莫一遂带领众乡亲修筑长城，抵御官兵。仗打了三天三夜，三千官兵仅剩一百余，只好大败而逃。莫一带领乡亲继续筑长城，以防官兵的再次攻打，而此时，皇帝已派人侦察到莫一是葡萄精投胎所生，并偷偷把莫一屋前的那棵葡萄藤砍了，从藤子里流出的血染红了一大片土地，莫一也渐渐失去了力气，最后被官兵杀害。莫一死了，那匹宝马也在未完成的长城前嘶鸣而死。于是，人们便在传说之后为这处风景起了一个凄美的名字：长城遗恨。

传说之后，又是一处真风景。因为，一头雄健的小雄狮，正从江水的右岸朝我们发出一声长啸。高高耸立的山峰，是小雄狮的头部，后面小而翘起的则是它的尾巴，它的身子俯卧着，而它的头则高昂地朝着东方，静静地眺望着东方的日出。千百年来，它不为炎热与寒冷所动，依然以雄壮、健美的姿态点缀着壮丽的大好河山。因此，人们称之为"雄狮望日"。

过了"雄狮望日"，迎面就会拂来一缕缕凉飕飕的轻风，因为，笼罩着神秘面纱的凉风峡已闪现在眼前了。这温温的气息，就像一曲柔曼的乐音，在我们的心灵间流淌，使每一个毛孔都得到安慰和熨帖。千仞奇峰，壁立江面；瑰丽天门，轻微舒展。身处此境，犹如画中。越往前行，就越强烈地感受到两岸悬崖陡壁、奇峰怪石遂向河心靠拢，欲有重叠之势，令人如入穷途。恰在此时，左岸的高山之巅，一只高傲的金孔雀正在开屏，而右岸的那只孔雀也正在舒展其多彩多姿的羽翅、相互鸣唱、相互厮守的孔雀，以开屏迎宾的姿势，让人不得不为大自然的鬼斧神工叹为观止。慨叹之余，又有了新的遗憾。这不，左岸正亭亭玉立着一位刚出浴的绝代佳人呢。传说一位爱沐浴的仙女，得知龙江河水有美肤养颜的功效后，就常常私自下凡，躲在这寂静的山洞里沐浴。一个月朗星稀的夜晚，仙女洗着洗着就忘了时辰，鸡一鸣叫她就无法上天了，便化为石柱玉立于此。山洞边并拢着的两根钟乳石，正是仙女刚刚出水的一双纤纤秀腿，她的上身则被浓雾笼罩着，影影绰绰，只能留给人们几分撩人的神秘和几分朦胧的遗憾。世间，有什么比美的遗憾更让人留恋的？

过了凉风峡，回眸一瞅，身后被两峰相夹的天空只显露出像线一样的光亮，形成了一道"一线天"的亮丽风景。

在有关小三峡的神话与传说里，每一样都是浸润着宁静之美的。离凉风峡不远的右岸，三座山峰正组成了一位睡美人的轮廓。仰躺的美人，刘海儿微扬、鼻翼细颤、丹唇轻启，一头乌黑亮丽的头发垂入绿水中，任由流水缓缓地冲洗着。雾来了，一层轻纱便裹住她秀美的身体；太阳来了，一片酡红会在她的脸上荡漾。她就是人们梦中的姆洛甲女神，千万年过去了，女神依旧以娴静的睡姿，做着一个又一个悠远幸福的幽梦。静态极妍的睡美人，显示的一切都那么栩栩如生，惟妙惟肖。从她身旁经过，谁都会自然地屏气凝神，生怕某个不小心的举动，就会把女神从那个持续了千万年的梦中惊醒。

出了神秘莫测的凉风峡后，不经意间，就来到了第三峡龙门峡了。龙门峡也曾叫丽峰峡，此处山峰虽没有突兀峥嵘、雄伟挺拔之势，但它却峰峰相连，逶迤秀丽，一山一貌，一貌一景，不矫揉造作，不哗众取宠，只是静静地在龙江两岸延绵不绝，给人一种内静外美的神妙之韵味。而在这神妙的韵味中，最让人唏嘘的就是眼前的将军山。矗立在右岸的将军，其眼睛、鼻子和那一把飘逸的胡子，都清晰可辨，历历在目，而他头上戴的头盔和一身的铁甲，正表明了久战沙场的老将军，仍然豪气冲天，仍然威风凛凛。传说，在征途中跋涉的老将军，来到龙江河畔，即被这奇妙的风景所吸引，还有一位静态极妍的美人，仰卧在他的眼前。于是，老将军便不再为功名利禄而奔劳，矗立于此，静静地守候着睡美人从梦中醒来。辛弃疾有词："扑面征尘去路遥，香篝渐觉水沉销。山无重数周遭碧，花不知名分外娇。人历历，马萧萧，旌旗又过小红桥。愁边剩有相思句，摇断吟鞭碧玉梢。"不知道，那凉风峡的睡美人何日醒来。也不知道，将军的这一番情意，能否称为爱情。爱情需要追寻，需要守候，需要长相依，更需要最宁静时刻的共鸣，能安安静静地注视一个持续千万年不醒的梦，是爱情，也只有爱情，才能培育出这样坚硬的勇气和与时光同在的痴情。

我佩服这种寂寞的守候和宁静的威严。

全长二十余里的小三峡，皆为画境，令人陶醉。在一次游览中，游船在掉头回归时，我看见了右岸的小码头，有一位在码头边浣着青春衣裳的女子。静寂无声中，一袭素裙的女子缓缓地站起来，长发垂肩，绰约多姿。她没有注视游船，而是把眼光朝着上游，并用手指梳理着湿润的头发，透射出一股清秀之美，就如一幅逼真的山水画，既宁静又澄明。"明河有影微云外，清露无声万木中。"在小码头上浣洗的女子，就像一颗无声的露珠，晶莹地闪烁在青山绿水间，让人爱怜，让人瞬间忘记了沿江听到的神话与传说，感觉到自己正真实地置身于人间的画境。

天开图画即江山。江山多锦绣，风景醉人心。小三峡能带给人美的享受。你看：雨过天晴后，小三峡则是山林如洗、阳光温润、微风徐徐、水波涟涟；细雨霏霏中，小三峡则是云绕山际、烟雾迷蒙、山廓水姿、影影绰绰。

不管她展示的是哪一面形象，小三峡，这个山水明瑟、纯美宁静之地，总能让人如痴如醉、流连忘返。

2010年5月

到北海开阔视野

2000年深秋的清晨，在北海银滩，海水把沙滩冲刷得光亮而平整，海滩勾勒出的曲线，柔顺优美。我迫不及待，卷起裤管光着脚丫踩上沙滩，软绵绵的海沙摩挲着脚板底，感觉有些酥麻。我捧起打在小腿上的浪花，开心不已，激动也涌上心头。来自大山深处的我，目光越拉越长，却无法看到大海的边际。在浩渺、深邃的海面与接踵而至的海浪面前，连小河都无法征服的我，开始时是心生畏惧的，稍久一点了，才发觉大海的宽广，能让人的眼界和心境似乎一下子开豁起来。想起小时候在作文中，把故乡那几十亩连片的油茶林比喻为海洋时，顿觉得自己眼光狭窄，思维浅短，不知海洋的宽袤，不禁哑然失笑。

这是我第一次看见大海。之前，嘴上念了"春江潮水连海平""海上生明月，天涯共此时""海到无边天作岸""面朝大海，春暖花开"等不少关于海的诗句，却一直没真正见过大海，真是枉然。

还在高校读书时，偶尔向《北海日报》投稿，得到副刊编辑老师的照顾，发表好几篇拙作，在收到样报和稿费单时，兴奋了不少时日，便对北海心生向往。

二十多年来，到过北海好几次，有开会的，有考察学习的，有携家人去旅游的。反正是，每到北海一次，视野就拓宽一回。

辛丑年夏天，北海市文联举办了"向海之约——作家（记者）采风活动"，有幸得到邀约，再次到了北海。这一次，走访的地点多，得到的介绍也多，比起之前，观察、思考也较为仔细。想之思之，便想写写北海。

公元前111年，为了巩固边疆、加强海外贸易，汉武帝设置了合浦郡，管辖范围一度包含雷州半岛和海南岛。当时北海的区域，属于合浦郡管辖。随着历史加长、岁月延绵、时代更替、区域变换，原为小村落的北海，成长为地级市，合浦却又成了北海市下辖的一个县。合浦的历史，也便成为北海的历史。合浦历史的悠久，就成了北海历史的悠久。而合浦，展示出的魅力，让整个南方都为之骄傲。在合浦汉代文化博物馆，展示了一批从合浦汉墓中出土的文物，有铜凤灯、铜屋、珍珠、玛瑙、琥珀、琉璃、陶屋、陶瓷等等，历史悠久，色彩斑斓，富贵典雅，价值特殊。像那只羽纹铜凤灯，来自西汉，如一只凤凰在回首舔羽一般，构思巧妙、錾刻精致、线条流畅、栩栩如生、魅力无穷；像那只绿色的波斯陶壶，出现于东汉晚期，可谓色彩独特、细节生动、视觉温润、美观大方；还有湖蓝色、粉红色琉璃串珠，红色、紫色、黑色玛瑙等等，色彩缤纷，穿越时空，令人眼花缭乱，艳羡不已。这些出土文物，充分说明了合浦港早在汉代就已经连接中外，成为古代海上丝绸之路的始发港。中外贸易，懋迁有无，这是合浦的骄傲，也是北海的骄傲，更是八桂大地的骄傲。

后来，苏轼又从海南而来，在合浦暂居六十余天，留下了东坡亭、东坡井古迹，以及"万里瞻天"等题词，更是增加了北海历史的厚度。还有标志着北海城市发祥地的百年老街，靠近海上码头，商贾往来、货物流通皆为便利，从1821年开始，来自西方国家的商人便开始建楼开市。近两百年过去，那些仿西洋建筑的骑楼，依然保存完好。在老街上曾经贴出了"选办环球货品，经营世界匹头"的对联，说明了北海早期的眼界与胸怀。

因为有向海的眼光与胆识，北海以铁山港为平台和依托，面向世界，发展港口物流，布局重大临海工业，拓展对外贸易，以更加开放的姿态，面朝大海，健身强体，接纳百川，互通天下。

因为有向海的优势和魅力，北海极力打造旅游产业。早在2014年，北海与桂林、巴马一道被自治区列为全区三大国际旅游目的地，北海便以海滨、红树林、涠洲岛等为中心，掀起了旅游产业发展高潮。银滩、涠洲岛等游人如织的火爆场面，就是北海旅游旺盛的写照。

开豁的北海，总会乘势发力，不断创新求变，不断华丽转身，让自己更具魅力与吸引力。而且，我还发觉，北海的视野与胸怀，总在一天一天开阔，让亲临北海者，心胸就会豁然一点，想法就会更奇幻一点。我在夜宿侨港镇海滩边时，曾经独自于夜色中到海滩上散步。暗影里的海面，幽明深邃，不紧不慢的闪电，刺破夜空。漫步中的我，刚开始，被亮晃晃的白光吓了一大跳。我是一直都怕打雷的，想着如此强光下一定是惊雷炸响，便下意识用手指堵塞耳朵。想不到，雷声迟迟未来。才发觉，闪电来自一马平川的海面，光源遥远，雷声微弱得几乎听不见。不像我那久居的大山里，我们看见的闪电，光源几乎就在头顶，那紧随闪电而来的雷声，在头顶炸响，振聋发聩，让人不寒而栗。对比之下，深谙海的博大后，便心安理得地在海边漫步，让闪电继续照耀夜空，任由海水舔足、海浪湿身，惬意满夜。

乘风破浪前行的北海，如今已承担起"打造向海经济，写好新世纪海上丝绸之路新篇章"的重要使命，这是北海的荣光和责任。明天的北海，持续向海，开放包容，心怀天下，何愁不兴盛？

"平生爱大海，披月乘风来。"哪一天，思路有些狭隘了，眼光有些短视了，行动有些懒惰了，不妨披月乘风，到北海走一走看一看，也许会有治愈的机会。

2021 年 7 月

时光摇曳涠洲岛

　　时光是印痕，隐藏在涠洲岛火山岩的纹路里，记载着海岛变迁的历程。循着那些纹路，可以找见一道道对应的年代与符号。海风吹拂下的涠洲岛，时光能追寻到七千年前、二十三万年前、二百五十万年前甚至更为久远的片段。就在这个时间段内，涠洲岛区域先后发生四期数以百次的基础性火山喷发。哪怕就是七千年前的最后一次喷发，都让我们感觉到涠洲岛形成的时光已经够绵长了，然而，她却是全国地质年龄最年轻的火山岛。有了之最，便容易让人记住和向往。

　　可以想象，在南方的一片海面上，浓烈的地火，从海底喷薄而出，那些持续的喷发，让海水与烈火互相碰撞与交融，场面一定壮观而惊险！正是在水火交融之间，悠悠岁月中的涠洲岛，才慢慢露出海面，慢慢成型，慢慢变成今天的模样。

　　喷发，是锻造，也是打磨；是开枝散叶，也是结下硕果。遥远的一次次海底喷发，让北部湾长出了一颗明珠，也让这颗明珠衍生出无数的美丽与奇观。

　　时光摇曳中的南湾，就是当年的火山口。因为地势稍低，便被海水占领，形成一道天然的港湾。我看见的港湾，风平浪静，数只白色的帆船，在海面自由漂行，浪漫而美丽。在鳄鱼山与海面衔接处，海风吹，海浪打，海岸便形成今天的海蚀崖、海蚀洞、海蚀台、海蚀柱。距离火山最后一次喷发的今天，在火山口不远处，我发现海岸边有一个通天洞。这应该就是海蚀洞。驻足近观，发现洞与海水相连，海水从海面的横洞涌进来，发出撞击声，通过直洞把响声传递出来。驻足，细听，因为海浪大小不一，便感觉到洞中传出的声音不成系统，缺乏节奏，谈不上动听，但听起来却悦耳。当然，悦不悦耳，这个不由我来评判，历史的声音，就存在那里，那是永恒的存在，听者只是过客。我们能成为过客，能当好过客，就是幸运。

苏东坡到北海也是过客。被贬谪到海南岛三年的苏东坡，得到赦免北上后，暂留之地便是北海合浦。居留两个月期间，苏东坡为北海留下诸多与自己有关的名胜古迹，这是北海之幸。可惜他没有登临涠洲岛。要是他能到涠洲岛且住且游，兴之所至，题诗题词，涠洲岛今天的声名就会更加远播。写过《牡丹亭》的明朝著名剧作家汤显祖，1591 年因向皇帝上了一篇《论辅臣科臣疏》，被从南京任上放逐雷州半岛任徐闻县典史。因为涠洲岛与雷州府有隶属关系，汤显祖便从徐闻县登涠洲岛，一览风光后，留下了"日射涠洲郭，风斜别岛洋。交池悬宝藏，长夜发珠光"的诗句，为涠洲岛增添了人文历史的痕迹和厚度。

时光摇曳中的海岛，翠绿与蔚蓝交相辉映。在岛上穿越巡睃，发现树荫密厚的苦楝树、果实硕大的木菠萝，在大树不多的岛上比较显眼。听说还有从外面引进的台湾相思树，因为这与家乡高大的相思树不同，而且也不结"此物最相思"的红豆，我没有辨认得出，也不想辨认。行走在步道上，只见不知名的大树小树，在各种土质上生长蔓延，共同衬托涠洲岛的盎然绿意。引起我最为注意的，是火山岩上的仙人掌。在鳄鱼山火山公园的临海一带，仙人掌长在坚硬的火山土里，也悬挂在土质更加坚硬的断崖上，一簇簇，一丛丛，顽强而鲜艳。有的开着黄色花朵，结着或青或红的果实，估计是时令已过，果实少而小，但每一个都是耀眼的存在。仙人掌的老枝在慢慢枯萎和腐朽，不断化为新的养分，滋润新的生命，让新旧的共同时光，在天海之间延续，伴随永不停歇的波涛声，倾听旷日持久的乐章。他们的存在，为红色的火山岩石，铺就了绿色，点缀了岁月。这也是涠洲岛人的精神所在。其实涠洲岛的土地并不肥沃，加上一年四季干旱的季节太长，不适宜农作物生长，但开发岛屿的先民们，却在这片土地上躬耕不止，为岛屿赋予生命，赋予文明，赋予精神的延传。到如今，他们苦尽甘来，在旅游业上找到了富裕的路子。

涠洲岛上有一景，名为"滴水丹屏"。我喜欢"滴水丹屏"几个字。我发觉，这动感十足、优美秀气的名字下，正潜藏着海岛独特的气质。壁立于海岸边的岩石，远看主要呈丹砂之色，近观则发觉其间又夹杂黄、绿、青、紫等色条，色彩斑斓，与众不同，属于涠洲岛的特色。我到过湛江的硇洲岛，也登临过烟台的长岛，作为海蚀地貌的一道奇观，能滴水的巨崖岩石，那些岛屿都会有，但缺少个性且名声不大。只有涠洲岛这片岩石，因为其色彩的旖旎，才赢得了"丹屏"这个独有的名声。

塔上明灯亮，牵引归航人。每一座岛屿，都应该有灯塔，那是对归航船只的引导，也是一座岛的坐标。矗立于眼前的灯塔，占据涠洲岛最高处，白身红顶，像是一位亭亭玉立的白衣少女，头顶一顶摩登的小红帽，在众多绿色树冠间，探出头来，让靠近海岛的船只，可以有方向地归拢。尤其是到了晚上，塔顶发出的光芒，可以刺破夜色、烟云与风雨，向海面发送引导的光芒，让距岛尚在18海里之外的船只，都能找到归港的路途。

从远古走来，在时光摇曳中的涠洲岛，在一次次喷发后，不断被海浪捶打，被海水冲蚀，被炎日炙烤，被大雨洗刷，被雷电恐吓，经受了时光考验。这些都不要紧，都可以忍受，可以避让。最让涠洲岛刻骨铭心、忍辱负重的，是日寇的蹂躏。从1938年9月开始，日寇先后三次入侵涠洲岛，他们以此为据点，在疯狂杀戮、奸淫、掠夺之时，还利用该岛的地位优势，遏制了华南、西南地区及东南亚地区。直到1945年6月，涠洲人民发动抗日武装起义，全歼岛上日寇，夺回全岛。之后的岁月里，涠洲岛自身在一天天更新。那是内部力量的萌发与新生。从抗日到解放，那是革命的变化；从捕鱼到旅游，那是生存的变化；从破旧到崭新，那是形象的变化；从茫然到清醒，那是信心的变化。在下塬岛上的梵丽涠洲岛秘境美术馆酒店时，我结识了酒店的投资人和设计者喻先生。喻先生学美术出身，又在深圳打拼多年，可谓一身才华一身抱负。他游历多方，最后选定了涠洲岛。上岛之后，他从环境与心理、人文与心念出发，设计出与众不同、别出心裁、匠心独具的客栈。这是新时代涠洲岛发展的代表性体验。可以说，他们已经用更加先进的理念与实践，谋划并打造了涠洲岛的今天与明天。

蓝色北海，魅力无穷。为北海市增添魅力和吸引力的，涠洲岛功不可没。很羡慕，北海有涠洲岛。

海岛已经凝固，但时光并未被冻结，依然在流淌，依然在摇曳。蓝色时光中的涠洲岛，北部湾海域的这颗明珠，如今喷发而出的是绿色、蓝色和幸福的力量。这些生动的力量，让海岛更绿、大海更碧、天空更蓝，为这个世界奉献了富足而美妙的气息。

2021 年 7 月

想念净空月色

想念是一件美好的事情，何况还是想念月色呢。在没有月色的夜晚，我们可以回想那记忆中的一轮明月，飘悠于我们仰望的目光里，悬挂于纯净的夜空中，高洁而清凉。有了月色的夜晚，看着那一轮静谧的或弯或圆的玉镜，无数清辉从夜空倾洒而下，直沁心脾。有月或无月，我们都可以想念，月色曾经带给我们的那些美好、清新的情境。

已经两年过去了，我一直在想念到九寨沟时的那段行程，想念那高原净空孕育出的那一片平和、幽静的月色。

我们游历了黄龙风景区后，天色已经暗下来了，为了实现预定的行程，我们还得趁夜色从黄龙赶到九寨沟，到沟口去住宿。在弯曲的公路上，在高原反应的催逼下，同行的人大多已在车上入睡，车厢里寂静无声。我坐在最末一排，在好奇心的驱使下，不停地浏览窗外的风景。这个时候，我开始注意到在车窗外徘徊的那轮明月。那时，圆圆的、淡淡的月亮正衔住天边的一群山峰，但随着夜色的加深，窗外的明月愈加明亮。

因为有了海拔的差距，那明月就近在我们的眼前，有了一种伸手可及的感觉。无限的天空里，高原的月亮就在天顶。

这时候，在摇晃的车厢里，在明净的月色下，我想起一个刚熟悉不久并有关月亮的传说：

在北美的北极地带有个部落，他们相信世界上的一切生灵都存在灵魂。它是一种缩小了的依附在躯体内的原我。当大躯体死去时，小的原我依然活着。它会投胎到诞生在附近的某某生物里，或者去天空的暂憩处——伟大女神的肚子里，等待月亮把它送回地球。因此，他们认为，月亮因忙于新的灵魂的降世，于是，便从天空中消失了。所以，有的夜晚没有月光。但最终，月亮是要回来的，就像我们每个人一样。

我也认为，月亮是应该具有灵性和温情的。

我们的行程，是沿着从九黄机场到黄龙原路返回，车子行进到雪山丫口时，因为海拔的高度，给我的呼吸增加了一些压力，但比第一次经历时要松缓了许多。这个因著名神山雪宝顶而得名的山坳，海拔达四千二百多米，白天经过时，我们虽然曾在此作过短暂停留，但它并没有给我留下太多的激情。不过，它提供的这个观赏月色的高度，使我有了一种新的升华。

因为我们平时观月高度不过在海拔200米左右，现在突然提高了4000米，这使我们与月亮的距离缩短了，而时间上恰好是农历的中旬。在这巧合的时间里，配着爽心的高度，逢上绝好的天气，窗外的月亮，真是圆得惊心、亮得动魄。

这是怎样的一种魅力啊！

月亮就在天空里浮游着。无云烟、无尘埃的净空之中，明月如镜，月色就显得格外清纯、格外鲜明，让人不得不感动。

我的双眼就那么一直紧紧地粘在这轮玉盘上，好像那玉盘里盛有无穷的美味珍馐一样，让我的眼睛不敢有丝毫的松懈。车子在走，月亮也在走。月亮一会挂在车后，一会又挂到了左侧的车窗上。月色之下，群山巍巍，瑰丽多变；视线之中，显现的是一个广袤、神秘的世界。

不久，车子行到弓扛岭时，月色下的景象又让我进入到新的沉醉之中。弓扛岭海拔三千八百多米，系岷江的发源地。此处，地势开阔，月亮显得高洁而俊美。明月抚摸着的山峦和大地，平静如水，空旷而诱人。

这时候，车厢里适时地响起了来自高原那诱人的歌声：

在离天很近的地方，

总有一双眼睛在守望，

她有着森林绚丽的梦想，

她有着大海碧波的光芒……

我不得不被眼前的壮观和优美，再一次叹服。

一路的月色，一路的慨叹，一夜的留恋。第二天，我以畅快的心情，游历于九寨沟仙境，领略了大自然的出神入化。可是，在惊诧于这方山水的神奇之后，我却总感觉到有一丝遗憾：是没有掬到一口甘泉吗，是没有领略到当地藏民的风情吗，还是自愧无法带走那里的湖光山色？

都不是，而是因为没有看到这人间仙境里的月色，没能真正领悟到净空中月色的内涵。

我不知道，在九寨沟这片绝尘静域的上空，月色变幻出的又该是怎样的一番景象？于是，遗憾之余，我开始想象，想象芦苇海中，那条水色翠绿、晶莹剔透并从芦苇中蜿蜒流过的清流，在月光下，一定会流淌出世间最妖娆的身姿；想象卧龙海中的两条游龙，在白天的争斗之后，它们会在月色拂照中的静水里，享受一片宁静祥和、醉人心田的晶莹世界；想象镜海、犀牛海中云雾与山峰的倒影，有了月色的陪衬，会释放出更加亦幻亦真、艳冠群芳的真我风采；想象四围山峦叠翠、水面阔绰的长海，月光下的那棵独臂老人松，是否会感到孤独、感到寂寞？我还会想象，那一串平实的栈道，在月色里，会羽化成登天的梯子，直达月亮上面，达到天地相接的神奇境界；想象沟里的一株株树、一根根草、一条条溪流、一幕幕瀑布，正在月光中，吸收净空的灵气，准备为明天装饰出另一番恬美的世界。

一片景色怡人、空气清净、月色迷幻的乐土，是值得让人一世追求的境界，是值得让人不悔生存的享受，也是一种值得让人刻骨铭心的不朽。因此，我才为一次简单的行程，想象不止，想念不绝。

2005年5月

岩滩有电站

原本桀骜不驯的红水河，流到了如今的岩滩，就变得文明起来。

一坝既成，平湖高悬，千顷澄碧，湖光潋滟，山色葱茏。自岩滩电站大坝建成蓄水后，上游15万亩水域与四周风物便构成了斑斓多姿的画卷。

历史中的红水河，曾有乌泥江之称。想必古人看到的乌泥江，应该是每逢夏季，就如《庆远府志》记载的"水势汹涌昏黑，直等黄河"。而被称为"红水河"，也同样是因为河水的颜色。

有了岩滩电站等几座梯形发电站后，红水河的现状得到了很大改观。

我就在红水河历史的变化中，不断穿越。

通过旧照片，看到了滚滚而下的红河水，能依稀感受到久远的"浪淘风簸"。在真正认识岩滩后，尤其是几次走进岩滩，顺着库区湖面溯流而上，目光所及的红水河，已是清波荡漾、静若处子，四围的青山温文尔雅，如谦谦君子。

在我的时空里，岩滩电站不远不近，若即若离。

1990 年，我读高一时的课堂上，上政治课的潘怀理老师，在举例子时突然提到了岩滩。他说到了正在建设的少有的超百万千瓦级水电站——岩滩电站，离巴马县最近，四十多公里，巴马却失去了很好的发展机遇，因为岩滩电站归属新成立的大化县，巴马只能一边看滚滚财源流向大化，还要一边平心静气、无怨无悔地去做家园、田地受淹没群众的思想工作。当时，大门不出二门不迈的我，搜索信息的渠道很狭窄。那时候，老师就是我们的报纸，是我们的收音机，是我们的电视新闻，也是我们的网络，我们的很多常识和信息，都是来自老师的讲授。老师说的岩滩，已从巴马县的一个村升格成大化县的一个乡或是一个镇，那里有广西首个超百万千瓦的大型水电站。听到"广西第一"，我张口结舌，不知所措。从建成发电的时间看，其实岩滩电站当时仅次于葛洲坝水电站，装机容量排全国第二。一个县，能排全国第二的有什么？就羡慕大化真有福气。而家乡巴马，却与福气擦肩而过，眼巴巴看大化数钱，拿着为数不多的补偿款去安顿被淹没了家园的群众。

潘老师讲政治课，经常是拿全县各地的事例来阐释，既让我们有亲切感，又能易懂易记。老师的好，就体现在这方面。

那一年，正是从潘老师的介绍中，我知道家乡附近有一座大型水电站，心中便有了"岩滩"的印痕，尤其是"岩滩电站"四个字变成了一枚篆刻，刻在了心壁上。

当然，后来才弄明白，没把岩滩电站"划为己有"，不是巴马不争气，那是全国的一盘棋，巴马不过是棋盘上或黑或白的棋子，做不了主。我敬佩故乡人民的奉献精神。

几年后，岩滩电站大坝落成，下闸蓄水之后，巴马盘阳河，从赐福村以下，瞬间变成了湖。在看似浩淼的湖水中，我们曾经折竹竿为钓竿，曲细钉为鱼钩，钓上无数小鱼，成为高中生活中打发寂寥时光的美好事物。后来，我曾经两次从盘阳河下游坐船回故乡，虽然船只陈旧，机声隆隆，扰人清净，但浩淼的湖水，碧绿的清波，还是荡漾起了我心头的很多骄傲。再后来，我的故乡终于享受到了岩滩电站带来的诸多红利，尤其是赐福湖的优美风光，为巴马树起了一面山清水秀的旗帜，成为旅游投资的热点之地。

之后的岁月里，岩滩电站的名字，以不同方式，一次又一次灌输到我的耳朵里，又慢慢地输到内心中，有时会泛起微澜，有时则是如风而过。

一晃十八年过去。直到2008年，我才真正走进岩滩电站。

那时候，岩滩电站的称谓已经叫作大唐岩滩水力发电有限责任公司，隶属于中国大唐集团，是其旗下的重要基层企业。但我在习惯上还是称之为岩滩电站。那一刻，我穿破时空所限，算是在心灵上走近了岩滩电站。

岩滩电站要争创全国文明单位，我参与其中的检查测评。文明单位考评需要的诸如经济指标、安全生产、环境保护、廉政建设、文化活动、庭院美化等要素，岩滩电站都做得细致认真，几无瑕疵。我们在参观生产区和生活区时，了解到很多新鲜的知识，有了不少的收获，于我来说虽是例行公事做检测，其实却是一次见学之旅。

几年后，我到清华大学培训，一位上课的老师，在结合河池实际提到旅游资源开发时，就言及岩滩电站，当然还有龙滩电站。老师的话语，高亢激昂，引人入胜，在鼓动我们要利用两大电站开发

"见学之旅"时，我的思绪就从北京一路往南方飞，穿越众多高山流水后，到达岩滩电站。我就在记忆的搜寻中自问：到岩滩电站，该看什么？怎么看？

从大坝附近坐游船逆红水河而上，可以欣赏号称红水河第一湾的怡人景色；登上大坝，可以领略高峡出平湖的豪迈气概；进入大坝内部，可以学习水能如何转化成电能的常识；光临厂区，可以享受到文明之风送来的温和气息；和岩电人接触，还可以感受他们的敬业与热诚……

在当年激烈的竞争中，因为某些客观因素，岩滩电站与全国文明单位失之交臂。这之后，岩电人继续总结经验，在全力以赴做好第二期扩建工程的同时，继续抓精神文明建设不放松，吹响了争创全国文明单位的冲锋号。我在之前的很多年，没有参与精神文明建设工作了。想不到，在他们开启争创之路时，我恰好又回到精神文明建设领域。因为工作关系，我再次与岩滩电站结缘。之后，便有了一次又一次走进岩滩、了解岩滩的机会。

2016年夏天，我第二次走进岩滩。在去参观他们的第二期扩建工程的通道上，我被一面墙打动。

小时候，老家的电影院里，荧幕就是一面墙。我曾经在那面墙上，看到了神奇而迷人的画面。那个简单的墙体，用石灰粉粉刷一遍，再投上电影镜头，就具有魔力一般，能让无数人被重复陶醉；多年后的一天，我又在岩滩电站的一道墙上，同样看到了迷人的画面，看到了光明的微笑和灿烂的心愿。

这面墙，不过是一个地下通道的墙体，原本灰暗和漫长，但岩电人把它涂上颜料、点上亮光，装点打扮一番，就有了"今朝更好看"的效果。这是一面叫作"最美岩电人"的主题文化墙，上面闪现着员工们的微笑，贴满了员工们的微心愿。此时此刻，不用登临雄伟的大坝，不用游览碧绿的湖面，不用倾听机子的轰鸣，仅仅是看一眼这道墙，就理解了什么是岩电人的付出、岩电人的精神、岩电人的风采。

这只是文明的一个小小举动，却折射出更为光亮的文明风貌。

"我愿以自己点滴的努力，成就岩电美好的明天。""阳光，照亮岩电厂区；雨，下在岩电库区；微笑，常挂你我眉宇；真情，常驻你我心田。""苦干了一辈子的电力，岩滩留下了美好记忆，从成立建制的那天起，心愿就已在那里默许，绿色家园是矢志不渝。"

一句句微心愿，一段段肺腑语，能照亮岩电人的务实、奉献、创新和奋进，还照亮一方天空，点燃万家灯火。

员工是星星。无数微微发光的星星，点缀出了星空的非凡神采。岩电三十多年的风雨历程和精神风貌，正是由无数员工的汗水来点缀点燃点亮。

这里边，我看到了"广西工匠"的"跨界"全能手蓝瑞乐，了解到他在公司维护部摸爬滚打二十七年，对发电机、水能机、调速器等设备的维修熟能生巧，对起重、电焊等杂活也是信手拈来，个人拥有专利五项；看到了年轻的技能人代表姚明远；看到了自愿到西藏最艰苦的地方援藏的陆秋生；看到了十五年坚持无偿献血并被授予"全国无偿献血奉献奖金奖"的老员工雷胡林，想不到他献血14.18万毫升，整整献出了30个成年男子身体血液的总量。微笑的面孔里，既有在技术领域默默争先创优的模范，有也克服技术难关的能手，更有一腔热血助人为乐的典范。

提供清洁电力，点亮美好生活。

一代又一代的岩电人，为了这一神圣使命，务实、奉献、创新、奋进，用责任与坚守，奏响了时代涛声，点亮了万家灯火。

最终，岩电人勇立潮头，看到了文明花开。他们获得了第五届全国文明单位荣誉称号，向社会展示出了一个公司的综合实力。

作为红水河沿岸的子民，我们知道其流经之地，山多地少、石厚土薄、谷深峡险，沿岸的南丹、东兰、忻城等，都称红水河为乌泥江或都泥江，把水势汹涌昏黑的红水河，视同黄河。可见，红水河驯服任务的艰巨，也说明了需要治理的迫切。

最终，与红水河上其他电站一道，岩滩电站不辱使命，不负众望，完成了对汹涌而至的河水的征服。

天地间事物的变化告诉我们，征服一条河流容易，但是要看护好一条河流、规范好一条河流，则需要付出更为长久和艰巨的代价。因为，大家需要征服、驯服的是红水河。

岩电人倾听来自文明的水声，在历史的长河中，发出了岩电人的声响，默默坚守初衷，点亮万家灯火，照亮前行之路。

从听闻岩滩到走进岩滩，我对岩滩电站从认知和交往几近三十年。

如此，我也算是穿越了一条河流的时空，听到了水声的非同凡响。

2018年6月

从中洲河到小环江

从中洲河到小环江，我讲的不是距离，而是岁月。

中洲河，听起来文雅有内涵；小环江，听起来简洁而亲近。其实，这两个名字，同属于一条河流。这很正常，一个人如此，一个地方如此，一条河流也如此。何况，河流跨越的是悠久时光，游走的是漫长的大地，多几个名字又何妨？像我们身旁的红水河，从大概念来看，她是珠江，但从上而下，由南盘江、北盘江汇合后，便开启了红水河、黔江、浔江、西江、珠江的不同称谓。

至于为什么把中洲河的下游称为小环江，不属于我考证的事。

中洲河又称中洲小河，发源于广西与贵州相邻的山脉间。河流不过百多公里，其水系较为发达，不少支流还源自九万大山，因而流域面积达两千多平方公里。曾经，在小环江之名出现前，这条河流，自上而下分别叫中洲上里、中洲中里和中洲下里，也称中洲三里河。中洲河不仅风光旖旎，而且人文茂盛。坐落于支流上的明伦，就是卢焘将军的故乡。处于中游的东兴镇一带，则有"汉马伏波寓此"摩崖石刻和"中洲碑记"等。

2009年，何述强先生为了写城市传记系列的《山梦为城》，我和蒙仕林、蒙祖升等陪同他到小环江流域采访，我们的目标很明确：寻找"汉马伏波寓此"摩崖石刻。听说这与东汉伏波将军马援有关。我也听说有这样的石刻，也见过字样的照片，只是未能谋上面。石刻位于东兴镇的久怀村。久怀村就处在中洲河畔，是一个宁静的村庄。在村上打听石刻，村里人很热情。一位村民指了指村庄的后山，说在那里。我们顺着他指向的方位看，一块石头在树林间挺立着，突兀于其他石头之间，远远就看见其有鹤立鸡群之感。不过，村民又告诉我，自从封山育林后，很少有人再上山，去石刻的小路早已荒芜。看到我们的急切之样，村民便主动提出来要带我们去。然后，他返回家，拿了一把镰刀，走在前头，为我们慢慢割掉荒草和荆棘。村民约五十岁，个子矮小，行动敏捷。因为是夏天，气温高，加上其开路的用功，我看见他的圆领T恤全被汗水湿透。我们想换他一下，他却一再谢绝。有这样古道热肠之人，我们在未看到石刻之前，已经感受到这条河流孕育的习习古风了。

石刻所在的摩崖，的确是一块高大的岩石，他从山上的石头间，像一截石笋，从山石上冒出来，平静地注视着山下的河流、村庄和稻田。

河流静缓澄澈，村庄祥和安宁，稻田金黄一片。岩石上，有人将朝山的一面磨平，然后分两行镌刻上"汉马伏波寓此"六个大字。石刻高若一米，每个字的字径约30厘米，字体为楷书。该石刻据说是东汉建武二十四年（即公元48年）伏波将军马援受命南征"五溪蛮"时路过此地留下的，但没有确凿的依据。照书法发展史来看，汉代普遍使用的书体当为隶书，而此石刻却为楷体，而且该楷体也非汉代甚至唐代的楷体，倒是与宋代以后的楷体相似。石刻没有署名，也不落款，的确无法判断何许人所书，书写朝代镌刻时间均无可考。不过，可以判断，摩崖石刻是古代石刻，已经经历了漫长的岁月。尽管其为露天的石刻，受烈日照晒，雨雪侵蚀，字迹仍然遒劲分明，是为一道古迹。

要真是汉马伏波亲笔所书，其文化价值不可估量。要不是他所书，至少也是对马伏波曾经在此安营扎寨的记录，同样有历史意义。想一想，作为岭南蛮荒之地的中洲河，能与东汉开国将军马援有丝丝缕缕的牵连，也算是为岭南的文化增添了一抹光彩。马援助刘秀统一天下后，虽已年迈，但仍请缨东征西讨，西破羌人，南征交趾，官至伏波将军，因功封新息侯，被人尊称为"马伏波"。

我们不管这摩崖石刻缘起何人何年，但它终究是一抹古迹。在隋唐时期才逐渐有建制、受开化的南方闭塞之地，尽管只是一丁点文化气息，却如平水起微澜，在这方平静的大地上开出了美丽的花朵。

看完摩崖石刻，待我们从山上返程时，我们头顶的天空突然乌云密布，眼看一场大雨来临，就在我们慌乱之际，乌云又依次散开，无数的金光便散射出来，在金光中，一朵乌云慢慢变成金色的云朵，形状像一匹骏马在驰骋。那一刻，众人都看到了非同寻常的祥云景致，皆叹为观止。不知道，飞行于天空的骏马，是不是当年伏波将军的坐骑。

"中洲山水冠环江，更有名山远近扬。"中洲小河往下至长美乡河段，奇山异水，胜景不断，如诗如画，有如素指直插云霄的"五指山"，有镌刻在悬崖峭壁上的"山高水长"石刻，有传说中诸葛亮的"试剑石"和诸葛亮画像石壁，有形象逼真的"姜太公钓鱼"

"骆驼饮水"和"猴子探头"等岩石，还有美轮美奂的"刘三姐对歌台"等景观。

长美往下的河段，又被称为小环江。小环江最终在怀远拔滩山附近流入龙江。因为有了两条江水的汇合，冲刷出一个不小的平原，平原上矗立着一座山峰，名为拔滩山，也称八滩山。拔滩山名噪一时，嘉庆年间有人在山顶建玉皇阁，香火一度鼎盛。有诗云：双江一带系怀阳，峰势森严水势长；望处烟村星错落，凌风直接白云乡。这双江就是龙江与中洲河或者小环江，它们最终聚合成一条青罗带，飘荡在怀阳大地。

2017 年 9 月

大雨滂沱古道行

　　美丽飘香的环江，有一条古道，名为黔桂古道。为便于记述，我还是称之为环江古道。

　　癸巳仲秋，恩师银建军先生邀同事、携弟子二十余人，经环江入黔，由黔东南荔波县境内的板寨村开始徒步穿越古道。那一阵，因受东南沿海的台风影响，云贵高原南麓亦霪雨不断，连日不开。那情形，与范仲淹视野里日星隐曜、山岳潜形、商旅不行的境况，如出一辙。

　　踏上古道，就见褐色石板在眼前铺成了一条向上飘扬的缎带，让人激动又担忧。激动是因为其古，担忧是因为其长。

　　因为我们此行是从贵州始发，历经的第一道关卡就是黎明关。黎明关位于贵州省境内，与广西环江县川山镇接壤，其名声曾经响亮过。黎明关山道崎岖，地势险要，两省交界，为历代兵家必争之地。石达开率领的太平军曾从黎明关入黔，张云逸率领的红七军从桂由黎明关入黔会师，抗日国军与侵华日军曾经大战于黎明关，中国人民解放军138团于解放初期由黎明关入黔剿匪……这之前之后，也许还有别的大事。

正因黔桂古道经历代兵事战乱太多，各个关卡遭受严重破坏，黎明关也难幸免，成了断垣残壁，让多愁善感的我们怅然慨叹了一阵。过了黎明关，便是一截下山的路，估计是被雨水冲刷太多，此段路面损毁较为严重，部分石板被泥泞覆盖，湿滑不已，加上左侧是山崖，让人的行动变得艰难。

　　不过，大家的兴致却燃烧得浓烈，飘洒的雨水也难以浇灭。

　　整条古道共有九道关口，每道关口都遭受到不同程度的破坏，路面也多次坍塌，道光二十五年，官府曾发动民众重修此道，并改曲为直，沿袭到近现代。有人记述，该古道与汉代伏波将军马援有关联。意思是传说东汉伏波将军马援在南征时，曾途经环江，有踏足过古道的可能。古道与马伏波是不是真有渊源？我认为有可能。因为，2009年秋，我陪同何述强先生在环江采访时，就在东兴镇久怀村小环江畔的一块岩石上，曾亲眼目睹到"汉马伏波寓此"几个大字。有人说这是马伏波亲手书刻的。此说虽不可考，但望着那些苍劲有力的石刻，难免让人思绪起伏。至少也能朦胧证明，马伏波曾经屯马驻兵于环江。

　　霏霏阴雨，忽大忽小，尽管大家都撑着雨伞，但还是被漫长的征程和变化的雨势，弄成了落汤鸡。渐渐地，队伍走散了。像谭自安、卢俞州先生等体力充沛、步伐稳健、如履平地者，迈步在前，遥不知其踪，把我们甩下了几条街。张诚师弟，脚着一双凉鞋，照样走得稳稳当当。但一些人，有体力稍弱者，有高度近视者，都会突如其来地滑倒，一屁股跌坐于石板上。坐下去了，再站起来，没有谁掉队。行程过半，在一道关隘歇息时，大家便开始互问，你几次了？有两次者、有三次者、有五次者，大家相互调侃，拍拍屁股，乐呵呵地开始再次上路。

过了第五道关隘后，小雨竟然转换成了滂沱大雨。路面更加湿滑，而此时，大家已是身心疲惫了，体力严重透支。我走在银先生身后，看着年已六旬的他，依然稳健有力，很是佩服。因为一手撑着雨伞、一手拄着拐杖，加上石板路太过湿滑，恰在路过一悬崖时，先生右脚踩空，身子直往右侧而倾，要知道，右侧正是一悬崖，尽管悬崖不高，但一旦摔下去，后果难以设想。走在先生身旁的寒云和我，已经看见状况了，但我们的身手赶不上倾倒的速度。庆幸的是，右侧刚好有一株硕大壮实的树。先生的身体恰好被大树挡住，避免了一场险情。那一刻，前后的人都吓得不轻。

我们将先生扶回路面。大家在惊愕中发现，这个宽度若十几二十米的悬崖，仅有一棵大树从下长上来。先生不早不晚出现状况，偏偏在大树旁踩空，然后被那棵大树化掉了一场惊险。

什么叫不偏不倚？那一刻，我们体会最深，啧啧称奇声在山道上响亮了好久。所幸无事的我们，对脚下再也不敢掉以轻心了。

再往后，因为雨脚未断，且越来越厚、越来越急，雨伞逐渐失去功能，大家已是全身湿透，鞋子慢慢不听使唤，加上道路凹凸不平、湿滑不堪，不小心就会崴到脚，再不小心身子就会再来一次趔趄，让自身和身旁的人都会惊出一身冷汗。所以，到了后半程，银先生要大家沿路转告，尽量少讲话、少看景、少思考。大家便逐渐沉默，低头赶路。

同行的覃勇荣先生，是生物学专家。他已数次带领学生沿古道进入环江木论自然保护区考察生物学。但眼前的他，仍然全副武装，高度重视这次的古道之行。初入古道，我就随他在路旁，找到一截枯树，他用随身携带的瑞士刀，削成了几根拄杖。他说，这个有用。一路上，我伴随在他和银先生左右，听他讲解沿途的植物，一路上似有收获，"哦哦"声不断。可惜，一场雨淋之后，我把那些植物学常识，全让雨水冲刷到泥土上，又还给了那些郁郁葱葱的树木了。

过了第六关，就先后进入甲坝洞和天王峒，这一带，算是开阔平缓地。此刻，大家已是行至精疲力竭之际，又不知前路长几许。一直默默赶路的大伙，老是沉默、沉默，便觉得在沉默中竟是索然无味，便又打开话匣子，趁着兴怀依旧未减之际，或谈身边草木，或借景抒情。银先生突然吟咏一句：大雨滂沱古道行。然后要求大家续接。断断续续中，大家接上了一些句子，都不太满意。古道行走无纸笔，我没能记住什么。自己倒是默默叨念，都无以为继。

顶着不大不小的雨，顶着始终难见笑容的灰色天空，伴随着翠意盎然的山色，经历了七个多小时的跋涉，我们一行终于完成了一次对古道的穿越。

2013 年 11 月

第二次去环江古道

一个地方，除了故乡，能吸引一个人第二第三次踏足的，应该是一个好地方。

环江古道就有这样的魅力。

丁酉年春，惠风和畅，我第二次踏上古道。第二次去古道与第一次穿越古道时隔近三年了。这一次，始行之处，我们选择的是古道的另一端。时下，环江古道周围已经申遗成功，被划为喀斯特世界自然遗产地，设定有缓冲区、核心区。在初春明媚的阳光里，从环江境内的旧屯出发，很快就踏上了始建于1368年的洞平古石桥。历经几百年风雨的古石桥，依然稳健如磐石，让踏足者走得坦然。

这条道路是环江到贵州荔波县的近道，原本两县的公路是经过此地的，因为早在90年代初，环江就把古道周围的一大块生态完好的区域划定为木论自然保护区。然后，这个自然保护区一路升级，从县级逐步升为自治区级、国家级的自然保护区，才最终将这条古道完好地保存下来。

环江，有一条曾具有经济社会意义、现在又具有历史和文化意义的古道，真好。我当时就想到了家乡的石板路。家乡也有几条石板路的，不过，它们要比眼前的古道逼仄、崎岖，年代也不算久远，容不下太多的内涵和想象。想想，世上自古以来的道路，当然有很多，但大多只是局限在很小的范围内，就像我故乡的石板路，都是一些提供耕作的道路，不过在村庄里短暂环绕，见不了大世面。真能作为进入历史记载的大路，横贯数县甚至出省的，是少数。而且，能历经风雨而不蚀、历尽沧桑而不殁的，是极少的个例。时光流转，很多古道大多已随着历史的滚滚烟尘日渐消弭，只有少部分，以顽强的生命力，从历史深处延伸出来，犹如宇宙间的水墨丹青，涂抹出过往岁月的痕迹，让后来者品味到苍茫大地上曾经灿烂过的烟霞。

环江黔桂古道，就是其中最为浓郁的一笔。

路经广西木论国家级自然保护区试验区、环江喀斯特世界自然遗产地缓冲区，便来到了保存完好的第一道关隘——平洞关。因为第一次穿越时，这第一道关成了我们穿越的最后一道关。当时，大家历经数小时跋涉，已是精疲力竭，且暮色笼罩，完全失去了欣赏风光、草木、关隘的兴致，对这整个古道上保存最为完好的关隘，没有太多的记忆。这一次的心境，完全不一样。才发觉，这道城墙，已被杂树和藤蔓覆盖，与山色融为一体了。尽管显得稍微简陋、不够雄伟壮观，但矗立于地势险峻处，同样能扼住咽喉，同样能散发出关隘的光芒。我在拱门里，抚摸着鲜活的石壁，想寻找一些历史的痕迹，哪怕是一个岁月符号也好，可惜不遂人愿，只好怅然前行。

第一次穿越古道时，因为当时还未到申遗的关键时期，珍稀植物还未挂上说明牌，听着河池学院覃勇荣教授介绍，我只是假装点头，一个名字都未记住，这次重返古道，再次欣赏到那些青翠葱茏的树木，才零零星星通过说明牌，知道沿途生长着伞花木、小果厚壳桂、长管越南茜、复羽叶栾树、桂樱、牡荆、石楠、头序楤木、刺通草、黄葛树等等。这些名目繁多的草木世界，让人眼花缭乱，脑洞大开。

在去第二道关隘的路上，一截悠长笔直的石板路，显得深色古旧，规则齐整。路面撒满新落的淡白色叶子，路两旁是绿油油的杂草，头顶则是浓密的树叶，一些阳光穿落下来点亮了树荫，把古道衬托得更加古典俊雅，就有了吴均笔下"横柯上蔽，在昼犹昏；疏条交映，有时见日"的情趣。再往前，便是仅剩残垣断壁的旧村寨。看得出，这里曾经是一个规模不大的村庄，曾经有过人间烟火。这样的烟火，一定为千百年来跋涉于这条古道的人，提供了无数次的留宿、进食、饮水，为饥寒交迫者留存了温暖，为历史追寻人留存了碎片。穿过一段平缓的地段后，再爬上一段陡峭的山道，就到了第三道关隘。该关隘处于垭口，两侧是悬崖峭壁，地势极为险要。因为再过第三道关隘就进入了环江喀斯特世界自然遗产地的核心区了，那里拒绝行人踏足，我们只好止步，怅然转身，只留下那一抹抹遗憾，继续前行。

回望来路，看见古道已经有了新的身份和新的使命，焕发出另一种盎然生机。

一条道路，一直坚持把自己当成道路，不虚荣，不颓废，不好高骛远，不改旗易帜，甘愿让人与牛马踩踏，甘愿让雨水敲打，甘愿让蚂蚁攀爬，甘愿让历史冲刷，默默地把百年时光、千年岁月埋在心底，把年轮沤成肥料，滋养自己开花结果、岁月不老。虽然，古道已经古老沧桑，且身体又被岁月截割，但古道上云蒸霞蔚般的梦想，似乎还在不断延伸。

这样的古道，哪怕再多去几次，又何妨？

2017 年 8 月

我眼中的牛角寨

环江牛角寨山水的魅力，无与伦比。

牛角寨，我是未见其面先闻其名，总感觉这名字不够大气，也不够鲜亮。问当地人，为什么把这么美的地方命名为"牛角寨"？回答说是因为景点的位置在牛角寨屯，位于环江明伦镇八面村境内，开发景区时不用拐弯抹角就直呼其名了。

名字的由来就那么简单。大道至简，往往就是这个道理，如九寨沟，如三娘湾，简洁得成为经典。名字里没有商业味，也不花枝招展，也不故弄玄虚，纯朴而有些隽永。多叫上几遍，慢慢顺口了，也就慢慢显得顺畅和鲜亮起来。试过几遍，多数人都会有此感觉的。关键一点，是要亲临现场感受过。我正是到现场感受后，心里便真的顺畅了。

我第一次去牛角寨，是陪同著名作家陈应松先生去的。

来自武汉并熟悉神农架山水的陈应松先生，知名度高，也爱寄情山水。我曾经读过他的不少小说，印象最深的是《松鸦为什么鸣叫》，看得我是毛骨悚然；但我最为感动的是《太平狗》，一条狗的遭遇见证了一段岁月的沧桑，我被里边的文字痛揍得无以描述，感兴趣的大家可以去看看。2015年夏天，《民族文学》到巴马组织开展文学交流与采风活动，陈应松先生在列，我也受蓝振林先生邀请回乡参加活动，有幸和陈应松先生上过一条船，游了盘阳河上的百鸟岩。2016年深秋，受谭自安先生之邀，他又到环江讲课，我前往环江听课。间隙，大家便结伴到牛角寨采风。

与名人同去，不过是添了一些派头。其中的趣味，还得靠自己去领略。

记得当时，我是带着几个问题去的。问题不是问山水的，而是问陈应松老师的。我总想找个机会，把我读他的小说后遇到的问题抛出来，让他在美丽的大自然中，为我解惑除疑。可惜，大家都腾不出空暇，眼睛和嘴巴全被不断变换的景色填得满满的。

环江总是让人有出其不意的地方，牛角寨就是一例。所以，后来我又带着妻儿，再次踏足牛角寨。

两次，我们的入口处，都是从山巅往下而行。身处入口处的牧牛台，就可以纵览眼前的景色。眼前是一个深深的峡谷，更远处也是一个峡谷，两个峡谷之间，是一个高山草甸，适合放牧，站在牧牛台就可以尽览草甸，想必牧牛台这名字该是为此而定的。脚下的峡谷，就是牛角寨瀑布群所在地。溪流已经被如原始森林般的树木遮蔽，要不是有旁边来自通天瀑布的水声，峡谷中的牛角寨就会显得很平静。这个看似平静的峡谷，历史上一定有过猛浪若奔、急湍甚箭的岁月，如此才会把峡谷拓展得越来越深，越来越险。好的风光，多是藏在险峻之处。"世之奇伟、瑰怪，非常之观，常在于险远"，这是王安石的话，拿来放在牛角寨身上，就很贴切。

过了牧牛台，就是犹如一线天的牧牛关。出牧牛关，就看见两边深不见底的悬崖。右侧，围绕着崖壁，修出了水泥栈道。扶着栈道栏杆往左而望，只见一道高若百丈的悬崖掩映在树林间，十分壮观。崖壁中间裂出一道缝隙，让外侧的崖壁有塌陷之势，让人望而担心。游历之间，我佩服的是环江人的想象力。他们从高而险的山顶，引一道水，从绝壁处倾泻而下，形成了一道十分天然的瀑布，名为通天瀑布。瀑布高若数十丈，水流飘飘洒洒，延绵不绝，根本让人看不出人工的痕迹。瀑布的下方，是乱石，水流穿过乱石，引入树林，又在石板上潺湲而过，逼真而动人。树影婆娑，泉水激石，可以说，一道假水，盘活了半座森林，升华了一片美景，为牛角寨增添了无穷魅力。

下到谷底，沿溪流而上，令人啧啧称奇之处，接踵而至。先是双龙瀑布，两条白色水龙，动感飘逸，争相饮汲一个极像半月潭里的清泉。再拾级而上，便是连续三层瀑布叠加的小瀑布群。再往上，便是那个最大最壮观的瀑布，名为"七仙女瀑布"，命名也不错。把瀑布被岩石分割出的七条水帘，比喻为七位婀娜多姿、衣袂飘飘的仙女，是花了一番想象力的。

七仙女瀑布的下方，就是一个深潭。潭水开阔，远看碧绿深邃，近看则又澄明见底，与吴均笔下的"游鱼细石，直视无碍"同出一辙。这样的水，这样静谧幽雅的环境，若七道水帘真能幻化成七个仙女，于此地此水沐浴嬉戏，定为天下最妙绝的地方。但愿，大家的这种想象能变成现实，吸引更多的目光去直视。

瀑布之所以壮观，就是河流在艰苦的环境中，奋不顾身突围之后形成的，牛角寨的水善于聚集力量，善于突围，最终形成了一方水土的奇观。最让人叹为观止的是，牛角寨的瀑布不是一个，而是成群结队。我看过黄果树瀑布，曾领略过德天跨国瀑布，也观赏过通灵大峡谷瀑布等，它们高大雄美，但都是以单一的瀑布存在，有壮观而缺意犹。桂林的古东瀑布，是一个瀑布群，但其中的瀑布都是低矮的，只有秀美而缺壮观。牛角寨的瀑布，可以说是集成群、雄奇、秀美、娴雅于一身，让人各有所爱，各有所思。

牛角寨，一个与世无争的名字，一道与世无争的风景，世间形容山水的词语，都可拿来在此一试。我眼中的牛角寨，她安静从容，能让心浮气躁之人，修心养性；她娉婷隽永，能让失落颓废之人，激情重燃。有了重重心事，可以到牛角寨走走；有了愤愤不平，可以到牛角寨看看。只要一个人内心的希望之火还在，美好的光芒就会穿越树梢和水帘，吹奏起动人的乐音，径情直遂理想之处。

2017 年 11 月

最美不过花竹帽

花竹帽，仅仅是看一眼名字，就让人喜欢上了。

毛南族有两大非物质文化遗产，一个是肥套，一个就是花竹帽。两个毛南族老祖宗留下的文化瑰宝，一个粗犷，一个细腻。细腻的当然是花竹帽。花竹帽作为手工编织品，黄灿灿的金丝竹，墨绿色的黑竹，如线一般细腻，它们一同缠绕出的竹帽，优美得如动人的旋律，让人爱怜不已；而作为毛南族姑娘们演绎的《花竹帽》舞蹈，以不动声色的舞动，轻易就能勾住人的魂魄。

很多人都被勾住了魂魄，像著名的词作家胡红一先生，被花竹帽轻轻牵引一下，就为之写出了优美的歌词：

阿妹笑脸就像彩云天上飘

有心事的阿哥再也睡不着

踏遍千山采来金丝竹

把所有相思编成花竹帽

太阳下山去月亮挂树梢

阿哥的思念其实阿妹早知道

戴一顶花竹帽撑起天荒地老

唱一首毛南情歌灌醉了暮暮朝朝

歌词和曲调，都非常优美，动人心魄，说明胡红一先生既抓住了花竹帽的要害，也抓住了人类情感的要害。关键是花竹帽能制造出这些要害让人抓。因为，花竹帽里边蕴含着动人的爱情故事。故事里边的男青年与女青年，都是编织竹帽的能手，一天，两人同时上山采金丝竹，不料雨从天降，戴着竹帽的男青年，主动把竹帽让给女青年。待雨停，女青年在还花竹帽的一瞬，发现竹帽上竟然镶嵌着美丽的花朵，使得她手中的竹帽异常美丽动人。之后，两人结下百年之交，并携手将花竹帽改进提升，让花竹帽的编织工艺更加精湛，花纹更加美观，集观赏与实用为一体，成为一道文化景观，流传后人。

花竹帽又名顶卡花，意思是竹帽上镶嵌着花朵。顶卡花的编织工艺流传了数百年，于2010年被列为国家级非物质文化遗产保护名录。花竹帽的绝妙处在于其编织工艺。这项属于慢工细活的手工艺，需要的工序费时费力不说，还需要心灵手巧。从山中采来黄色的金丝竹和黑竹后，将二者破成细如发丝的篾条，编织好帽顶，再往下散开固定好经线，然后又把篾条作为纬线，一圈一圈和经线缠绕交织出圆圈；帽的上沿用黑色细篾交织成一道花边，帽下面的外沿是用金黄色和黑色两种细篾交织成宽约三四寸的一道花带，花带上织出对称、工整的菱形图案，在图案里面的正中系上两条彩绒线带，一顶花竹帽才算完成。丝丝缕缕的竹篾编制出的花竹帽，结实，经久耐用，美观大方。美好的事物，都需要投入更多的时间和精力去打磨，花竹帽就如此，其制作过程涵盖选篾、制篾、上模、结型、编织、填衬、定型、整合、勒边、护顶、涂刷油料十一道工序，细致而复杂。随着时代发展，大家几乎不需要"慢工出细活"了，花竹帽的编织技艺曾一度濒临失传。好在又被保护开发起来，有了一代又一代热爱毛南族文化、献身毛南族文化的传承人，才终于将花竹帽的编织技艺发扬光大，使之成为毛南族的一道文化遗产。

毛南族是一个充满激情创意和烂漫多彩的民族，他们很快从花竹帽身上找到了新的创意。这个创意跟人类最为恒久的爱情相融合。他们把男女青年因为花竹帽而情定终身的故事不断丰富，又对花竹帽的编织进行不断改进，各式各样的花纹图案开始出现在花竹帽上，如连心结、吉祥鸟、花开四季、鱼跃龙门……寓意深远的图案，为花竹帽增添了丰富的内涵。毛南族男女青年最终把花竹帽当作男女之间定情的信物。他们编织出一种与农耕使用的不同的花竹帽，这种竹帽小巧精致，竹子的颜色更加鲜明，花纹更加美观，每逢节庆，盛装的青年们一旦遇上意中人，男青年便将花竹帽送上，如果女方也有意，便会接过花竹帽，并将亲手缝制的布鞋送给男青年以作答谢，表明他俩已定情。随着爱情的延展，毛南族又把花竹帽演绎成美妙迷人的竹帽舞。民间歌手从青年男女的爱情中得到启发，围绕着美丽动人的爱情故事编唱了一首"啰嗨歌"：

金丝竹子根相连，

恩爱情人心连心——啰嗨！

有缘千里来相会，

顶卡花儿定终身——啰嗨！

其实，在民间，他们还流传着专属于毛南族的《花竹帽》情歌。该情歌为男女对唱的，因为翻译成汉语后，对仗不是很工整了，但其中的韵味，依然浓郁。

女：都说孔雀住山林，

　　我见孔雀跟后生；

　　崭新一顶花竹帽，

　　好像孔雀开满屏；

　　他是赶圩拿去卖，

　　还是送给意中人？

　　若是拿去换金银。

　　愿拿磨盘大的银枚换一顶。

　　若是送给意中人，

　　意中的人在哪村？

　　哪个妹仔得到这顶帽，

　　永远和他度一生。

男：人家都说凤凰美，

　　凤凰哪比这阿妹；

　　人家都说蜜糖甜，

　　甜不过阿妹这张嘴。

　　昨晚喝了一碗蜜，

今早起来已无味，
妹的歌声进心田，
年头甜到年尾尾。
得妹看中我的帽，
心中层层浪花飞，
妹若真爱这顶帽，
哪还劳妹送银枚。

如今的环江，已找到了花竹帽文化的内涵，并发掘出其魅力之光，开展了以花竹帽为核心的文化活动。各种场合的演绎中，配上动人的毛南族山歌《柳郎咧》以及众多的毛南族民歌，让花竹帽展示出的民族风情，成为民族大家庭一支独特的艺术之花。

2017 年 10 月

翼为垂天之云

偏居于南中国一隅的大化，建制历史不过二十年。在这很短促的时间里，她却能用浓墨和重彩，让这方水土的内涵和魅力，逐步广播四方。整个的大化，犹如羽翅渐丰的飞鸟，正飞翔于天宇间，让人瞩目。

飞鸟的飞翔，靠的是双翼。大化的飞翔，同样在于双翼。一翼为山水，一翼为奇石。

大化，我认为是大自然之造化的浓缩。大自然在这方水土造就了偏僻、贫穷、落后的同时，还造化出了一方异彩纷呈的山水，也孕育了粒粒典雅灵动的奇石。以异彩和灵动为双翼飞翔，姿势显得轻盈而优美，领域显得广阔而明亮，让人艳羡。

我对大化的认识，刚开始是来自岩滩水电站的名声。多年以前，在我尚未成年的识辨里，我就听闻到有一个叫岩滩的地方，那时的岩滩代表着一个名噪一时的水电站；然后，我又从七百弄洼地峰丛所展现的天然景观中，对大化有了更为宽阔的认识。如今，在我对大化整个的印象中，添色最深的就是奇石，是那些大自然造化的奇石。

我的故乡是巴马，与大化山水相依。我曾经通过大化的路程回过故乡。记得有一次是乘船溯流而上的，从简易的码头，登上简易的客船，枕着一路的马达声徐徐赶回故乡。因为建了电站，桀骜不驯的红河水，来到了大化的岩滩就变得百依百顺，碧波荡漾。辐射数十平方公里的水域里，青山倒映于秀水之间，山与水相映成趣，交融如一，犹如人间仙境，徜徉其间，令人心旷神怡。四个多小时的水路旅程，没有颠簸，没有乌烟瘴气，满目都是清新的凉风送来的美景。胜景之中，惬意之间，疲惫全消，困意无存，仿佛就在瞬间便已回到故乡的码头。要不是那接连不断的马达声渲染出了一丝现代化的气息，那古典的味道不知还会迷醉多少人。

　　我生长于大石山区，对大山的记忆刻骨而铭心。一座座庞然大物，横亘在你的眼前，阻碍着你的眼光和脚步，粉碎了一些你关于平原与海的渴望，心中难免产生一些憎恨感来。但是，大山也带给我们很多幸福感，至少，它给了我们从艰苦的环境中凝聚出勤于攀登、勤于探索、勇于追求的精神，砥砺了我们克服困难的意志。这一点，也算是大山馈予我们最好的礼物。因而，来到大化，看到连绵起伏的峰丛洼地的时候，我的情感一时之间找不到投放的地方。它的绵延、它的神奇、它的纯粹与凝练，瞬间把我记忆中故乡的大山给比下去了。

　　这是一种真正的山，尽管它没有青藏高原雪域上众山的伟岸与高洁，没有张家界奇峰的玲珑与精致，没有武夷山的清秀与隽永，但它却以优美的形态、罕见的密度和奇异的光泽，并伴随着神秘洼地，谱写出了一曲广袤而深厚的石山浩歌。

　　我是在第四次接触到七百弄延绵的千山万弄时，才登上了危崖高耸的观景台，以平视的姿态与千山万弄亲密对视。这样的对视，让人感动，让人惊叹。我在惊叹这片具有世界自然遗产等级的喀斯特地貌景观的同时，更慨叹于生活在山弄里的布努瑶。作为瑶族的一个支系，布努瑶以特有的顽强精神，寓居于这片严酷的自然环境中，生生不息，而且还创作了瑶族创世纪神话史诗《密洛陀》。在该书形成文字之前，这个融神话、创世、英雄为一体的史诗般创世古歌，是靠一代又一代瑶民口口相传保存下来的。我佩服这种口头的传承，它不仅凝结了一个民族的智慧，更凝聚了一个民族的勇气。往往，智慧与勇气的有效结合，才能战胜许多的艰难困苦。从生活中、生存状态上看，这里的人们是清苦、落后的，但他们却用另一种文化的符号填补了有些苍白的色彩，为这个区域的自然景观注入了一抹抹生动和隐秘。

　　我想，有时候，我们在追求自然景观的外在美的时候，需进一步努力，挖掘隐藏于山石之中的内秀。万山横亘，阻碍了人们的脚步和眼光，而想象却是可以飞越千山万弄的。这一抹色彩，也许会为这片延绵的峰丛洼地增添了灵动的气息。至少，我是坚信的。

　　水和山，是大化飞翔的一翼，另一翼则是奇石所释放出的典雅与灵动。典雅是形美，灵动是内涵，只要拥有形神皆具、内涵深幽的魅力，其光芒才不是昙花一现，才会达到亘古以至永恒。大化掌心中的彩玉石、摩尔石、梨皮石和黄蜡石等，以其形态、质地、色彩和意蕴，构筑起一道道逼人的光芒，这光芒不仅考量着人们的眼神，还拨动了人们的心思，幻化了人们的意识，成为奇石之精品、之典范。灵动，是奇石的基本需求，也是一种具有品牌魅力并可扬名千里的格调。

大化是幸运的，在山水之外，又以天然去雕饰的奇石，把自身变得富有神秘感，富有内涵，使格调变得高雅。桂林仅靠山水之一翼，其飞翔的姿态就有了甲天下的魅力。更幸运的是，大化正瞄准了这些得天独厚的条件，倍加珍惜这天地的厚赐，尽力打造奇石文化，培育奇石队伍，孕育奇石精神，向国石称号进军，也向世界之石进军。

一个县域，说大不大，说小不小。一方山水、一方人文、一方风物，在不同的地域勾勒出的景致却大相径庭，有华丽与平实之分，有高贵与平庸之分，也有声名远播和默默无闻之分。说实在话，真要把一个县域的篇章写得华丽、高贵而又声名远播，实属不易，在倾注很多心智和心血的同时，也需要耐心地壮实自身的双翼。

有了双翼，仅是具备了飞翔的最初条件，而羽翼的丰满才会增强搏击长空之势。大化，正以十足的信心和耐心，促使这双羽翼更为坚实、宽厚而有力。有朝一日，大化必将出现庄子笔下"其翼若垂天之云"的盛况，到那一天，大化的声名必然响彻天宇。

2008 年 10 月

芭沙的生命契约

在黔东南的千山万岭间，有一支苗族，居住在从江县的芭沙，与自然生命的默契互存犹如水乳交融。他们相信，每个人的生命，都会在自然中找到一种依附物，一棵树，一朵花，一块石头，一个土坡，一条溪水，都是人类生命的寄托或者归宿，因而人类都可以和它们立下契约，生死相依。

这支苗族，据说来源于蚩尤，是一支历经千万场战争、跋涉千万道山水的民族。因此，他们茂盛的生命，有着大地的赋予，有着自然的馈赠，有着山水的留恋，有着一花一木的修饰。

他们居住的地方叫芭沙，苗语的意思为树木茂盛的地方。一个个苗族寨子，几乎都是掩映于丛林中。因而，芭沙人把生命寄托在树上，与树立下契约。在契约中，芭沙人尊称对方为自己的生命树、消灾树、常青树。他们以树喻人，也以人喻树。在芭沙，树就是人，人也会是树。

一棵生命树就是一个人一生的见证者。就是说，一个人出生后，父母就会为孩子种下一棵树，孩子叫什么名字，树也叫什么名字，就这样，一个名字以两种生命的形式出现并被叫响。契约一旦立下，生命树就会护佑着自己同名字共命运的主人，健康成长。在芭沙村头，我看见一棵名叫滚拉往的大树，当地人介绍该树为木荷，是属于一个叫滚拉往老人的生命树，已经八十多年了。眼前的生命树，已成为一棵两人合抱之木，树木参天，豪迈壮观，预示着生命力的顽强和向上。我在树下，仰望这棵看不到树梢的大树，突然就想起了诗人纪弦的诗句：

刻你的名字

刻你的名字在树上

刻你的名字在不凋的生命树上

当这植物长成了参天的古木时

啊啊，多好，多好

你的名字也大起来

大起来了，你的名字

此刻，正如诗中所言，那位叫滚拉往的老人，他的名字也如参天古木般壮大，让每一个过往之人肃然起敬。

在所有的树木中，芭沙人以木荷树为尊，把它作为生命树和消灾树来寄托和尊崇。香樟树次之，作为常青树来崇拜。

保护好自己的生命，就要保护好一棵树的生命。芭沙人就这样与每一棵树结下了生命之缘。主人长到十五岁，父母就会在生命树下为儿女举行成人礼仪式。是女孩的，母亲就在生命树下，当着众多亲人的面，赠送女儿纺纱刺绣的工具，让从小就跟着自己拉线、纺纱、织布、染布、刺绣、做衣的女儿，开始独立完成作业，开始温婉地过着一个属于女人的生活。是男孩的，父亲会在树下举行苗语叫"补荡拎溜"的仪式，意思是邀请村里德高望重的老人，为男孩剃出一种芭沙男人独有的发型——髻。之前，男孩一直留着头发。仪式上，老人用一把平常割草的镰刀，剃掉男孩四周的头发，留住头顶的发髻，绾成鬏鬏，形成芭沙男人独有的发型。他们坚信，这种发髻，可以连接起祖先的命脉，既丰富了人与自然的灵犀，又成为一个男人雄健、威武的象征。之后，父亲还会赐予儿子一把长枪以及火药、铁砂等枪支配件，持枪少年朝天鸣放一枪，预示自己已经成年，并可以参加村里成年男人持枪参加的所有活动。

芭沙人的生命树，就这样见证与自己同名同姓者，步入成人时光。

每个人，每棵树，都会有生命终结的一天。在芭沙，一个人死了，就要砍下他们的生命树做成棺材，装着主人的生命与灵魂埋入大地。与此同时，家人又在此处种下一棵树，以新的生命追忆过往。以后的风雨中，这棵无名无姓的树，与身旁的树木一样，默默地生长，没有人打扰，没有人伤害，直至沧海桑田。

人与树的生命画上句号了，是否意味着生命的契约已经完成？

还没有。芭沙人又以另一种方式，让这个人、这棵树活在人们的视线里和记忆中。二者的生命记忆，被转接到另一个物体上。

这个物体，就是芭沙人的荷晾架。

荷晾架是什么意思呢？我反复和身边的导游取证，我先前认为是"禾晾架"，一眼就可以看出这是晾晒稻谷的架子。但导游说是"荷"不是"禾"，我便认为，他们既然把木荷作为生命中最尊贵的树木，这喻示着生命延续的架子，就应该是木荷做成的。

在寨子的一片空地上，附近人家每家用木头竖起一列架子，犹如做木架房的列子。三根柱头，中间横着若干根木头，立在空地上。丰收的时候，各家各户就用荷晾架来晒稻谷。人死后，就从横着的木头按照从下而上的顺序抽出第三根，用来把死者的棺材抬出村外，空出的位置就是对亡人的思念，待到一年后，再从死者的生命树选一根剩下的木头补入空位。芭沙人所称呼的荷晾架，其实是一个生命架，从上面，当地人一眼就能看见生死。谷子丰收了，扎成一手一手的稻谷，悬挂在架子上，共同演奏着一曲曲苗人的丰收乐章；人死了，一个空着的位子，又能表达生命的另一种去留方式。

村里的小广场上，热情的芭沙人在吹芦笙，在跳舞，在刺绣，显得无束而从容。他们的悠然从容，来自他们良好的心态，那是一种生命与自然相互依附的生存观念。芭沙人最喜欢亲近泥土，他们喜欢打着赤脚踩在松软的泥土上或者石板上，这样才逼真而舒坦。水泥路铺到家门口了，他们反而有些无所适从，找不到与泥土亲密接触的美妙感觉。他们还认为，人一旦远离大地，离开泥土，生命力就会减弱。芭沙人还相信"万物有灵"，他们认为寨子里的巨石、古树、水牛、桥梁等等都是圣灵之物，是崇拜对象，自觉地加以保护，并虔诚供奉。

其实，与自然设立契约，在中华大地很多角落都有。就如我们的村里，也有与自然界的一些生命和物体建立契约关系的习俗，认它们做契爹、契爷，但这里边的拜契，缺少仪式感和庄严感，比如有人拜契溪水、岩石、大树、牛马。自从村里通了电后，我们村有人拜契电为契爹，便取名"电契福"，我曾为此打听这人是拜契看不见的电，还是拜契电线杆？回答是电线杆，而且还指明是哪一根电线杆。听到这里，我就沉默了。

看得出，我们的仪式感，比芭沙人要弱很多。

芭沙人没有文字，他们靠着一代又一代的口耳相传，延续着人与自然携手依存的良好古训。古训，是良方良药，能穿越历史，能跋山涉水，能点石成金，能让一代又一代人循着健康之路，与青山为伴，与绿水共存，在人与自然的生命中，悠然地蔓延和谐幸福的音符。

人类是自然界的一员，是自然界的重要一员，支配能力强于其他生命个体。人类在广博的生存环境中，一直对自然界的其他生命心怀尊重，为它们命名，为它们延续生命，为它们赋予传奇，还要为它们复述故事。

这方面，芭沙人做得很好。

2019年4月

思绪飘飞轿子坡

登高的举动越来越少了，与之而行的乐趣与思绪也随着减少。偶尔的一两次行动，竟让难以起伏的思绪波澜起来，还飘飞起来。带给我这深切感受的，是轿子坡，是深秋的休息日，受曾朝伦、蒙仕林等诸兄邀约结伴相游的轿子坡。

轿子坡，位于金城江区的侧岭乡境内。侧岭人大气，把一座海拔逾千米的高山，竟然命名为无羁无绊的坡。除了轿子坡，还有一座海拔逾千米的大山，也被侧岭人称为大山坡。坡的本意是土地的起伏处，这是相对于平地而言，从字面的理解，坡的高度当然是不能与山相提并论的。尽管，在山与坡之间，没有相对固定数字的限制，但在我们传统的意识中，坡，并非难度的象征。

我们经过艰苦攀爬才登临于顶端，说是终于登上一个坡顶，感觉不是一件光彩之事，我很想把轿子坡称为轿子山，找到一些登山的颜面，终究是拗不过古有的称谓，只好作罢。

在轿子坡山脚，望眼四围，进入满眼的，是层林尽染的植被。五颜六色中，远远地就认得红的是枫叶。山涧已经干涸，我们就沿着河床而上。夹岸高山，树林鳞次栉比。从树林里散发出的鸟语，密密匝匝，小鸟们不断扑腾，扑扇得树林晃晃动动。心情也随着晃动。

爬到垭口，已是累得气喘吁吁。叉着腰歇息，带路的向导老康，指着眼前庞大山体的顶端说，我们要爬到那里。我顺着他指点的方向望上去，看见山顶隐约于天际处，威严而凌人。才知道轿子坡不是简单的坡，而是真的很高，高得我心跳加快，双脚有些发麻。后悔的气泡像正在喘出的粗气，延绵不断。因为近年来户外运动少，又不忌饮食，导致大腹便便，身形蠢笨，行动迟缓。这么高的山，该是奈之如何？

既来之，能退之？当然不能，只好朝着目标前进。

轿子坡是石头与泥土相伴而生的大山，除了山麓生长着树木，半山腰以上则只是生长草本植物，不见大树，偶尔的一两棵稍大点的树木，根本无法点缀那么一个庞大的山体。但是，轿子坡的草还是茂盛的，而且因为坡度不是很陡，牛羊光临十分方便。往上而行，便看见许多小道，那是牛羊留下的，也是寻找牛羊的主人踩下来的，让后来者的登临得到了许多方便。不过，因为轿子坡表层的土壤质地，都属于沙土类，透水性强，牛羊踩踏过后，土质比较松软，让我们在登山时，增添了许多细心。

一直向上，厚重的喘息竟然慢慢变得松淡，拙笨的身子也越发感觉轻巧。原本一连串的担忧、害怕和后悔，很快被快乐取代，被越来越宽阔的视野覆盖。是的，在迈上轿子坡的第一步，我就在担忧，自己的这份体力，能把这大山的高度测量一遍？想不到，那份担忧，已变成了童年岁月，被我远远抛在岁月深处；那份害怕，已变成了97号汽油，被我燃烧成六缸的马力；那份后悔，变成了耳边的风，送给了山脚的大树。是的，运动中的人，总是被刚出发时的漫漫长路、笨重脚步、慌闷心跳吓得身子僵硬、手足失调，有的人很快就选择退出。殊不知，前行中的人一旦呼吸与步伐的节奏协调，一旦身体与内心融合后，艰难的第一步很快会变成快乐的第二步。

我们一行十几人，就是在走走停停中，欢快而上，攀爬过一些陡峭的山崖，小心翼翼走过一些只能通行一人的逼仄山岭小径，全都克服最初的障碍，登顶而呼。

轿子坡海拔1114米主峰的山顶，是一小块坚硬的平地，铺满杂草。

站在杂草间举目四望，许多惊喜就像风一样，不断扑打在脸上，让人心情轻松愉悦。尽管空气的透明度不足，我们还是能俯视到远处延绵的峰丛洼地，搜寻到山脚下零散的村庄、奇绝的小山体、交错的道路。

侧岭乡政府周围，就像一个小盆地，宁静的田园里，一座座小山峰拔地而起，它们独自成峰或数峰相连，幻化成形态各异的景色。早在多年前，我就赞叹，侧岭的山，真是妙不可言。我一直想不通，侧岭之名，该从何处谈起。有人说，是取此处山岭位于云贵高原南侧之意；有人说，是取自苏东坡"横看成岭侧成峰"之意。好像都有关联。侧岭的确处在云贵高原的南麓，千百成峰，岭岭各异，怕是有人在赞叹中取了此名。因为此处山体，不同的角度就会看到不同的形状，且皆优美绝伦，正应了出自苏轼的"横峰侧岭"成语，有人故而以后二字命名，也未尝不可。

一览侧岭之美后，才想起，侧岭的美，完全可以通过一条线把它串联起来。这条线，就是当今全球争相发展的旅游之线。在这条线上，有侧岭田园之秀，有沿路山峰之俊，有白裤瑶村落里古朴板栗林之幽，有塘子村山间小平原之雅，有金城江第一峰轿子坡之险，有连片峰丛洼地之奇。可以沿龙江而上，和六甲、拔贡等，连片打造成山奇水美的国家级地质公园，利用好便捷的自然、人文、交通、人气等优势，将旅游产业兴旺起来。

我将飞越崇山峻岭的思绪慢慢收拢，趁大家歇息的间隙，独自下到一个垭口，棍撬手刨，最终刨出一棵和自己等高的小树，然后再爬到山顶。

我打算在山顶种一棵树。

这是一个幼稚的想法和行动。因为，在山顶，除了覆盖在表层的草本植物，没有一棵高如膝盖的树。难道，这千百年来，没有曾经登临于此的过客亲手种过吗？没有风吹来的种子掉落于此吗？没有飞鸟衔来的种子在此生根发芽吗？

我们一帮人，却不管不顾过往的历史，齐心协力，在山顶上挖坑种树，还到处找来干牛粪、干羊粪施肥，浇上我们带去的饮用水。树种好后，一旁的文皓兄说，这是一棵野苹果树。其余人好像都无法判断树的名称，只好颔首认同这是一棵野苹果树。野生，意味着强盛的生命力；苹果树，也寓意着平平安安。我在心里寄托，这棵尚未扎根的树，能独自在山顶，扛住即将到来的寒冷与劲风，吸吮阳光和雨水，好好生存下来，平平安安地在绝顶之处，耀眼挺立。

返程途中，我们还能远远看见那个高耸的山头。当然，我们无法望见那棵小树。我在不断回头中祈求，但愿它能成长，长成蓬勃的大树，让我们能遥望见一个新的高度。

2014年10月

壮乡三姐文化城

在美丽壮乡，有一位被誉为歌仙的刘三姐。

刘三姐，这位从唐朝传说中姗姗走来的歌仙，用她的天籁之音，演绎出灿古烁今的歌谣文化，让广西的山山水水一直萦绕在优美动人的旋律中。作为刘三姐故乡的河池，是刘三姐歌谣文化的发源地，长久地被多彩的歌谣文化浸润和濡染，显得灵秀而婀娜。

山歌，与寻常百姓有关，与田间地头和街旁树下有关，与欢乐明朗有关，让人喜闻乐见。因为它平易近人，因为它易于传唱，因为它生动活泼，便成为极具生命力和影响力的民间文艺。河池大地，只要有人，就有山歌。河池山歌的古往今生，既掩藏于发黄的记载中，也喧闹于无垠的人海里。

编撰于道光六年（1826）的《庆远府志》记载："宜州唱歌之俗，在昔为然。相传唐时刘三女太，系下枧村壮女，性爱唱歌，其兄恶之。与登近河悬崖砍柴，三女太身在崖外，手攀一藤，其兄将藤砍断，三女太落水……今其落水崖高数百尺，上有木扁担斜插崖外，木匣悬于崖旁，人不能到，亦数百年不朽……"清代诗人韦相如有诗云："前身应是嫁文箫，误落荆门混采樵。空谷好音传逸响，枯藤秋雨陨寒潮。江流不掩油梳盒，云气犹横木扁挑。日暮山山闻宿鸟，歌声仿佛遏层霄。"从古至今，河池境内各个民族的婚姻风俗，都离不开唱歌。壮族的结婚当日，"女家男妇三五十人送之，新妇以伞自覆，步行至婿家，聚众唱歌达旦……""思恩婚嫁以牛为聘，以歌合欢……""天河婚礼以牛为聘。每年秋成后，男女以物相赠答，或杀鸡为黍，杂坐讴歌……大抵以歌成婚"。乾隆时期曾任庆远府知府的商盘在《宜阳行春》中记载河池的山歌现状："竹院松扉绕郭多，画旗彩索问如何。乡村儿女连群出，不打秋千但唱歌。"流传于乾隆年间的《龙江櫂歌》，收录了庆远府学廪生蓝景章描绘河池唱山歌情景的几首诗，其中一首为："登船齐渡北门河，半是民歌半壮歌。偏是鹧鸪情更切，遥从隔岸唤哥哥。"同样，《庆远府志》中记载："瑶人风俗，最尚踏歌，浓妆绮服，赶阡度陌，男女杂遝深林丛竹间，一唱百和，云为之不流……唯元宵与中秋夕为盛，有民歌有瑶歌，俱七言，颇相类。其歌皆土音，韵则天籁。"这里边，有着对瑶族山歌的高度评价，瑶族男女青年唱出的歌声犹如天籁一般，白云听到后就不流动了。这些零星而又生动的记述，让我们窥见到当时的壮族、瑶族、仫佬族、毛南族、苗族等民族，已经将歌唱融入到人生的重要时刻，融入到生活的各个角落，甚至融入到了生命中，以琴声鹤韵，丰富了这片神秘的大地。

如今的河池，山歌作为精神食粮，既填补了多数人茶余饭后的空隙时间，又增添了大家文化生活的养分，成为各民族内部和民族与民族之间最具凝聚力的要素。假如说广西是歌海，那么河池是浪涌的海湾，海湾之上，浪花朵朵。浪花的濡染与洗涤，使多少河池人出口成歌，爱歌如命。这种爱歌习俗，除了历史的延续、传统的影响，更是来源于当地各民族的文化心理。无论岁月怎样推移延伸，社会怎样发展变化，这种文化心理都永远不会湮灭，它还会在民族的交流和包容中不断扩展和升华。

河池有壮、汉、瑶、仫佬、毛南、苗、侗、水八个世居民族，每个民族都有自己的习俗，有自己独具特色、精彩纷呈的民族文化，尤其是那些旋律天然、声色优美、情感动人的民歌，被传唱了一代又一代，像珍珠撒落在桂西北的山水间。如今依然流传的有"刘三姐传世情歌""壮族礼仪歌""汉族劝世歌""瑶族长寿歌""白裤瑶细话歌""仫佬族古歌""毛南族民谣""水族、苗族、侗族风情歌"等。

如传统的刘三姐山歌：唱歌唱到日落山/我俩情意唱未完/想做一把太阳锁/锁住日头在半山。送哥送到鸳鸯河/双手捧水给哥喝/哥一口来妹一口/泪水倒比河水多。如汉族的风情山歌：千年大树连根倒/倒在江边架成桥/有情早早桥上过/无情就讲桥不牢。如白裤瑶细话歌：阿哥的话像雷声/雷声大得震垮天/阿哥的心像雨点/雨点小得很可怜/阿哥要是有真心/早就叫媒来提亲/阿哥要是有真意/何让妹等十八年。如仫佬族古歌：天不平来地不平/半边落雨半边晴/妹逍遥/真无情/独自那边撑阳伞/留哥一身雨淋淋。如毛南族风情歌：毛南阿哥手最巧/编织竹帽技术高/阿妹戴上花竹帽/好比仙女下凌霄。如苗族风情歌：见妹生得白飘飘/十个手指像棉条/胸前挂有红鸡蛋/逗得情哥总想瞄。妹也见哥人才好/风吹柳叶两相交/想抢妹的红鸡蛋/看你本事有几高。如水族风情歌：怀你念奴来送钱/给张纸钱到手边/奴今没有那福分/顺手丢在草丛间。人生一世草一秋/怀我念奴夜夜忧/奴把钱丢草尾上/怀捡钱起愁更愁。（注：水族话"奴"为"妹"，"怀"为"哥"）这些生动、逼真的山歌，在各民族间口耳相传，历久弥新。大多山歌，不仅词意真诚感人，而且曲调丰富多变，可谓独绝。作为非物质文化遗产的民族民间歌曲文化，它包含着各民族民间的传统意识、信仰观念、民族习俗和数千年来的文化积淀，融民间文学、民间舞蹈、民间戏曲、民间祭祀仪式等于一体。不断演绎的山歌，已成为各民族的骄傲。它们深藏于壮、瑶、仫佬、毛南等民族民间歌曲之中，洇散于桂西北山水间，熠熠生辉。

河池以"生态长寿市，三姐文化城"作为文化定位。十个字中所包含的长寿和山歌两大文化品牌，是河池人的骄傲。当前的长寿文化，品牌影响日益广泛。而值得称道的山歌文化，也不断得到发掘、传承和弘扬，在中华民间文艺百花园里异彩纷呈。

打造一座文化城，需要日积月累。一首一首山歌，在时光岁月中聚沙成塔，并不断得到丰富、衍生、演变，使河池成了全区少数民族多声部民歌的富带，尤其值得称道的河池的二声部民歌，独染异彩，出类拔萃，在全国闻名。如今，致力于挖掘、收集、整理、打造、弘扬山歌文化的有志者，正在用创新求变的方式，以山歌的韵味为蓝本，打造出了一批底蕴深厚、韵味独特的民族音乐作品。从1999年开始举办的一年一度的河池铜鼓山歌艺术节，就是山歌文化保护与传承的一项宏大举措。每年的开幕式晚会，都会诞生一批优秀的原创歌曲；每年的基层文艺会演，又让民族民间音乐闪亮登场。在每一届的铜鼓山歌艺术节里，我们都会听到区内外音乐家们或用河池本土民歌为素材创作、改编的歌曲作品，如歌曲《美丽神奇的地方》《有一个飘香的地方》《刘三姐家乡的歌》等，跌宕起伏、快慢交替、刚柔相济、明暗互衬、强弱互补，无不诠释了河池美丽而又神奇的风采。在形式上，有用民族音调创编的便于传唱达情的甜美小歌，更有独唱、重唱、小组唱、合唱等，它们走近民俗但不"土"，贴近时代但不"俗"，兼具民族性和艺术性，雅俗共赏，通俗易唱，老少咸宜，可谓精品荟萃，神韵大展。这种持之以恒、推陈出新之举，让河池的民族音乐文化得到了空前发展，让全市人民享受到了丰富的文化大餐，也成为唱响河池、推介河池的一扇窗口。

梁启超先生有一句话："文化是一座高山，我们要设法登上九百级的高山，为文化添一抔土。"那就是对文化发展的一大贡献。美丽壮乡，有一座三姐文化城。这是河池乃至整个广西对过去山歌文化积淀的肯定，也是对现今山歌文化繁荣的培育，更是对未来山歌文化发展的自信！

2016年3月

东有兰香

大约是公元1758年，主政庆远府的商盘，品尝了来自庆远府下辖的东兰州的荔枝后，写了一首赞美诗。诗中他把自己看似当年身居岭南的苏东坡，在品尝到鲜美的荔枝后，情不自禁写诗留证。可惜的是，商盘不是苏东坡，没有让东兰以及东兰的荔枝以诗歌的方式家喻户晓、扬名立万。

百花盛放，东有兰香。看得出，这里边提到了东兰。

中国人的骨子里，祖上或地方的出处，都是往实力方靠。厚植深度，深挖厚度，穷尽办法找渊源。我也想帮东兰找个好点的出处，无奈资料稀缺，个人又胸无点墨，在《庆远府志》《东兰县志》都找不到明确的出处佐证，只好自行胡诌一句，以表达自己对东兰的认识。

我认识的是一个什么样的东兰？

1993年9月，我出门远行去往金城江，路过东兰，才第一次把口头上的名字在现实中打印出来，发现这是一个镶在山谷里的县城，比家乡的县城似乎还要狭小。峡谷幽幽，我心戚戚。东兰县城处于"危峰耸峙，鸟道崎岖"的幽幽峡谷中，小巧温润，青翠葱茏，让初入者就为之心动。那之后，每年都要与东兰打上很多次交道。到东兰追寻红色之旅，会在列宁岩看见理想，会在魁星楼看见明灯，会在拔群故里看见壮烈；在途经东兰的路上，饥饿时她是饭店，没油时她成了加油站，车子出状况时她成了修理厂；出差东兰，困倦时她成了落脚点，与朋友相聚时她成了温馨茶庄……我认识的东兰，就这样越来越丰富，韵味也越发幽深绵长。

问题是，兰香何在？我在古旧的记载里没有寻觅到东兰有兰的片语，当然就不会闻到真实的兰香。但我还是认为东兰有兰，而且兰香馥郁。当然，此处之兰香，并非可赏可嗅的植物，而是从幽谷中飘逸而出的历史、人文、风情与物产的清香。

东兰，作为一个县的建制，其历史长度还是有得谈的。唐朝时期，东兰一直就是羁縻州。所谓羁縻，就是朝廷用军事政治加以管控、用经济利益加以抚慰，承认当地酋长领导地位，纳入朝廷管理的一种治理方式。但详细介绍无考，建制的记载相当于一张白纸。宋朝徽宗崇宁五年，公元1106年，也就是黄庭坚在宜州逝世的上一年，当地酋长韦宴闹，据说是有记载的东兰第二任土司，主动投靠并依附朝廷，便正式有了羁縻兰州的出现，相当于县级政权，属庆远府管辖。乾隆年间刊印的《庆远府志》记载，说是在南宋绍兴年间，东兰地面又析置东兰州、西兰州，后来二者合并，便有了如今的东兰，但具体记载还是缺失。但到了元代，东兰区域扎扎实实设置了东兰州、西兰州、忠文州、安息州，属于南丹溪峒等处军民安抚司管辖。到明代洪武十二年，也就是1379年，朱元璋的任上，朝廷把西兰州、忠文州、安息州并入东兰州，让东兰州一家独大，赫然于历史间，魅力四射。这之后，东兰出现了韦正宝、韦虎臣、韦起云三代土司首领率部南征北战的传奇故事，东兰州一时名震岭南。正是韦起云，于1535年把州治从武篆迁到现在的县城所在地，历代相沿，眼看就是五百年了，为东兰县城的历史人文添了厚度；1912年，东兰州改为东兰县，一个光荣的名字就这样诞生。纵观东兰历史，不与中华文化发祥地相比，也不与历史演绎纷繁的地方比，在岭南一隅，还是有厚度的。只有这样的厚度，才能孕育与闪耀出韦虎臣、韦拔群、韦国清等俊杰。

广西盛产壮锦，壮锦还与云锦、蜀锦、宋锦并称中国四大名锦。壮锦在东兰，古已有之，一度蜚声千里。《庆远府志》记载："壮女普遍善作土锦，她们以棉为经，以五色绒为纬，纵横绣错，华美而坚……尤其是东兰的壮女，能作花巾，或花草或人物，或鸟兽或字，以白布一幅，用笔墨画样，巧者折而数之，配以机轴，织成宛然。"东兰的壮族女子，冬夏都以布来缠头，所以她们善于制作花布。这个传统便一直保存下来，成就了东兰姑娘的心灵手巧。

东兰的文化之香，我归纳于铜鼓与学堂。

东兰民间，至今依然热衷于铜鼓舞和猴鼓舞，前者属于壮族，后者属于瑶族，不管哪个民族，不管哪种舞蹈形式，都绕不开一个关键词：铜鼓。据说，因为红水河的航运便利，从宋朝开始，铜鼓开始传入东兰，随着需求的与日俱增，到明清时期，便有大量的铜鼓入境东兰。因为民间把铜鼓当作"宝物""神器"，用于在祭祀"蛙婆"时敲打，用于在逢年过节、嫁娶庆典等活动上演奏，其浑厚沉稳的声音可以征服人们的欲念与贪婪，能冷却内心、净化杂念，带来庄严与神圣，村村寨寨便把铜鼓推上了至上的高度，无铜鼓的村寨被视为"冷乡冷土冷族"。铜鼓匠便闻香而至，到东兰铸造铜鼓，让铜鼓生意一度火爆，也让铜鼓文化燃烧得轰轰烈烈。至解放初期，东兰铜鼓数以千计，数量之多，演绎之盛，闻名遐迩。随着时间推移，许多铜鼓被砸成"废烂铜"送往钢铁厂，致使名闻天下的铜鼓之星，慢慢陨落，也使得兴盛一时的铜鼓文化，几近凋零。后来，随着文艺的复苏，东兰人，尤其是壮族和瑶族两大民族，重拾记忆，复耕文化，再次把铜鼓作为演绎核心，创作出丰富多彩的铜鼓文化，演奏出声震世界的铜鼓之音。如今，东兰获世界铜鼓之乡美誉，好像无人有异议。

土州时代，东兰还没有学堂。东兰开始建起州学，已经是公元1733年之后的事了。雍正七年改土归流后，雍正十一年由巡抚金鉷奏请设学，选址在城东一带，后由东兰知州沈志荣督建而成。当时的格局，还是蛮有气势的，有大成殿一座三间，崇圣殿一座三间，戟门三间，东西庑各四间，棂星门三间，礼门、义路、牌楼各三间，照墙一座。因为历史厚度不一样，东兰州学的办学规模，略低于庆远府学和宜山县学，但与同期的天河县学、河池州学、思恩县学同等，而同期由庆远府管辖的南丹、那地、忻城、东兰分土州（凤山）以及永顺正副各土属，都还没有建起正规学校。至于东兰州学培养了多少人才，我无从考证。但乾隆元年，东兰籍的潘乙震就考取了丙辰科金德瑛榜的进士，是东兰科举时代最优秀的学子。他随做生意的族人从广东到东兰寄籍入学，雍正十三年广西乡试第一，乾隆元年登进士。他擅长文学诗词和书法美术，先是入朝任庶吉士，后来又任编修、御史，虽然官阶不高，但前途可期，可他还是辞官归里、设馆教学。从东兰州学走出去的，还有22人获得乾隆至道光年间的恩、岁贡，说明东兰的文化教育，正如兰花，幽香屡屡。

说到东兰的物产，让人赞不绝口。

荔枝，东兰出佳。这是《庆远府志》记载的。时任庆远知府的商盘在《荔枝诗序》中提及："东兰州，向有荔枝树七本。园丁给以官田，熟时驰送郡城，其品不亚香山。以少为贵，凡物皆然，因赋此诗：为爱轻红入瘴乡，此间亦有宋家香。园官莫惜殷勤护，要试盈盈十八娘。旧闻南汉红云宴，今见东兰白雪肌。身似坡翁居岭表，年年啖荔有新诗。"此诗只要把几个用典理解了，其余就清晰了。"轻红""宋家香""十八娘""白雪肌"指的是荔枝，"红云宴"就是荔枝宴。商盘把东兰的荔枝抬到很高的水平、给予很高的评价，也把自己比喻为身处岭南的苏东坡，每年品尝到鲜美荔枝后都会新赋诗歌。慢慢品鉴，便有了如下的理解：因为喜爱这颜色淡红的荔枝，我来到了尚有瘴乡之称的岭南，想不到此处，也有名冠中华的宋家香品牌一般的上乘荔枝。看护荔枝的园官，一定要殷勤看护，很多人都想尝试这盈盈可亲的荔枝。曾经听说南汉时期，此地经常举办盛大的荔枝宴，想不到今天，我亲眼看到了来自东兰犹如少女白雪肌肤般晶莹剔透的荔枝肉。仿佛感觉到自己好像苏东坡，居住在岭南，每年品尝荔枝后，情不自禁要赋上几首赞美之诗。

商盘，庆远府知府，浙江会稽人，由编修改授，乾隆二十一年到任，任期四年。庆远府管辖宜山县、天河县、河池州、思恩县、东兰州、南丹土州、那地土州、东兰土分州、忻城土县、永定长土司、永顺长土司、永顺副土司，区域几乎涵盖了当今的河池市，知府为正四品。作为一任知府，商盘对东兰的情况是有所了解的，对东兰荔枝也是情有独钟。当时东兰的大道，东去庆远府，从州府的底塘开始，过红水塘，再往福宁堂至白牛塘、窄山塘，然后至河池州的喇赤塘计95里，再从河池州往东行190里，便到了庆远府郡，快马加鞭，不过一天有余，完全能吃得上新鲜的荔枝。但是，翻开《东兰县志》，却对东兰古有荔枝、现今还在栽培荔枝的情况只字不提，倒是对现在比较火红的板栗还有用词，说是明朝万历年间就开始种植板栗，到1980年，全县已经有板栗8810亩。荔枝去哪里了？不得而知。东兰要是真有荔枝出产，由古至今，加上有商盘的诗为证，这一定是上等的品牌了。

不管如何，东有兰香，已成为真实的存在。现在的东兰，建起了兰花森林生态产业园，打造当前广西最大的兰花生产基地，蓄势发展兰花产业，形成气候，树立品牌。后天的东兰历史，一定会有关于兰花的记载。那时候，记述东兰的字里行间，定然会飘逸起兰花的香味。

2022年4月

启良先生的讲课

能够做韦启良先生的学生，对我来说，是十分荣幸的。

韦启良先生是学者，也是作家，学识渊博，弟子数千，声名远播。我还在念高中时，就在陈洪江、吴胜梅伉俪主编的《先生的情怀》中读到过记述韦启良先生的文章，其中也有先生记忆别人的文章，并又从黄土路师兄寄给的《河池师专校报》中了解到先生正担任河池师专的校长一职，先生的形象就在我最初的思维里清晰而高大。

没想到，1994年的秋天，我进入河池师专中文系学习，竟然也成了先生的一名弟子。十年时间，弹指一挥，在先生百年之后，总情不自禁地回想起十年前先生在课堂上的风采，那些久远的言行，依然栩栩如生，历历在目。

先生主讲的是中国现代文学。

讲现代文学，必然要讲文学史，而且先生又是中南五省现代文学史教材的主编，对文学史当然会有深入研究和独到见解的，然而先生上课却很少言及文学史。记得他交代我们上课时就带作品选即可。按作品的顺序，排第一的就是鲁迅的《狂人日记》。熟悉先生的或是听过他课的人，都知道先生的普通话是十分标准的，言行中还有那么一些古典的韵味。课堂上，他让我们打开课本后，没有什么多余的话，而是先朗读了一段：

> 今天晚上，很好的月光。
>
> 我不见他，已是三十多年；今天见了，精神分外爽快。才知道以前的三十年，全是发昏；然而须十分小心。不然，那赵家的狗，何以多看我两眼呢？
>
> 我怕得有理。
>
> ……

这一段朗读里，语调抑扬，声音厚实，节奏舒缓，情绪跌宕。可以说，先生的声音、情感与先生的身体语言浑然一体，在朗读中使小说的艺术感染力立即产生了效果。当时，听课的我们都惊呆了。很绝妙啊，好像鲁迅的小说是专门按照先生的语气量身定写的，换一个人朗读，就不一定有震惊四座的效果。

正是在先生的启发和引导下，我们才真正深入理解《狂人日记》的内涵，才将身心真正融入到作品的艺术氛围之中。先生有关文学史的言论可谓言简意赅，而对作品意境的渲染却是十分注重，从而，使我们能在作品的意境中进一步体悟作品的内在力量。

先生的这种教学方式，一直萦绕在我们1994年秋天的课堂里。

让我印象深刻的还有鲁迅的《伤逝》一课。

《伤逝》是鲁迅最具抒情性的小说。记得当时上课的地方是在我们中文94（2）班的小教室里。这一次，先生没有朗读，而是让我们自愿地一个一个站起来轮流朗读，读完一个，他就简单点评一下。

按照先生的话说：对文学的理解，必然先得从作品的情感入手，这就要求必须在诵读上下功夫。而且你们中的绝大多数毕业后是要当语文教师的，一篇好的文章，朗读过不了关，再解说其他就显得毫无意义了。

当然，先生的文学讲座更加富有感染力。进到师专校园，感受到师专最好的文化现象，除了拥有韦启良、银建军、杨汝福、李果河、韦秋桐、温存超等一大批文学老师，并走出了东西、凡一平等有影响力的作家外，还有的就是文学讲座了。其中最引人注目的该是启良校长的文学讲座。不长的时间里，我听了他三次讲座，每次看到的都是座无虚席。整个教室内外，挤满了来自不同系别的学生。记得有一次他讲鲁迅的《药》，一开头便是一段声情并茂的朗读：

秋天的后半夜，月亮下去了，太阳还没有出，只剩下一片乌蓝的天；除了夜游的东西，什么都睡着。华老栓忽然坐起身，擦着火柴，点上遍身油腻的灯盏，茶馆的两间屋子里，便弥满了青白的光。

……

全场学生屏住呼吸，凝神静气感受一场文化盛宴。能听到这样的课，确实是一种骄傲。之后的校园时光，我好像再也没有听到如此养眼养神的文学讲座了。

随着季节的变化，先生的讲课声也从秋天延伸到冬天，讲授的内容也从鲁迅延续到茅盾，再到郭沫若。

我永远记得一个日子，1995年的1月7日。

从我的日记本里知道，这是一个星期六的早晨，天气阴冷。当时还没有实行双休日，星期六还要上半天的课，在这个半天里，先生为我们讲授了郭沫若的《凤凰涅槃》。

这一课，又让我们领略到了先生深沉、冷静、古典之外的另一面风采。

在郭沫若激扬的文字间，先生也以同样的激情，让我们在那个冷瑟的冬天早晨，品味出文字所散发的光和热。

　　昕潮涨了，

　　昕潮涨了，

　　死了的光明更生了。

　　……

　　一切的一，更生了。

　　一的一切，更生了。

　　我便是你。

　　你便是我。

　　火便是凰。

　　凰便是火。

　　翱翔！翱翔！

　　欢唱！欢唱！

　　……

先生朗读，我们也读。先生瘦弱的身体里，迸发出了无限的情感。真让人难以想象，像先生这样有着古典情怀的人，竟然把一首调子激越、句子鲜亮的新诗连同他内心深处那份浓浓的情感，毫无保留地演绎、阐释给他的学生们。他以一种独特的风格，把百余名学生的积极性调动起来，统统融入诗歌的氛围之中。

很遗憾，这样的场景，我们无法再次感受到了。

之后的星期一早晨，我们正满怀期待地等待先生登上讲台，他的课还没有讲完呢。然而，我们等到的却是韦秋桐老师。面对学生们不解的目光，韦老师解释说：启良校长病重，已到南宁就医去了。

先生的病情十分严重。

从那之后直到我们毕业离校，先生都没能再次登上他心爱的讲台。

尽管后来先生的病情逐日好转，但他还是卸去了校长之职，而且再也没有正式担任普通班学生的授课教师了。近些年，先生在著书立说的间隙，偶尔为函授生上过一些课，我总觉得那是先生对自己教师生涯的一点眷恋、一点慰藉。

我个人认为，1995年1月7日上午的《凤凰涅槃》一课，是先生三十多年教师生涯中真正意义上的最后一次授课。这一节课，太富激情，太富感染力了，才耗掉了先生的太多精力。此时此刻，我突然想起了小时候学过的法国作家都德的《最后一课》，韩麦尔先生知道那是他上的最后一课了，课堂上的他，情绪伤感而凄凉。但韦启良先生，他是知道自己的身体状况的，但他还是以最真实的情感，把优秀的一课奉献给他的学生，他的课在深沉中满怀激情，在平易中满怀温馨，在欢悦中满怀期待，成为我人生中一笔非常值得珍惜和回忆的精神财富。

这里面体现了先生一贯的风格和情怀。

这是我感到荣幸的原因，也是让人难以忘怀的原因。

2005 年 12 月

背倚麒麟山

钟灵亦毓秀，看我麒麟山。

巴马民族师范学校《校歌》中第一句歌词是："巍巍群山，郁郁松林……"学校所背靠的群山中，有一座山体，名叫麒麟山。麒麟者，乃中国古代神话中五大瑞兽之一。一座山能叫"麒麟"，肯定有其过人之处。

好学校是一座靠山，好学校本身也要有一座靠山。背倚麒麟山的巴师，是一所好学校，是世界长寿之乡巴马的骄傲，是两万多毕业于此的学子的骄傲。这一切，有无数山川见证，有万千目光见证，也有麒麟山葱茏的草木见证。

很多人都存疑：偏居一隅、交通不便、经济也不发达的巴马，为何有一所重要的民族师范学校建立于此？

掀开历史帷幕，得从另一所师范学校说起。

这所学校的名称为东兰民族师范学校，原名为"东兰县初级师范学校"，是在原"万冈县中学"的基础上改建的。在撤销万冈县后，万冈县中学便于1951年冬改为"东兰县初级师范学校"，校址就在现在的巴马民师校园内，属于县立师范。1953年下半年，东兰县初级师范学校改名为"东兰民族师范学校",成为当时桂西壮族自治区培养少数民族小学师资的主力学校,由桂西壮族自治区人民政府直接领导,变县立为省立。级别上升,规模扩大了,如果还把校址设立在巴马街这样一个并非县府所在地的地方,显然难以匹配。就校址问题,百色专署也曾经考虑过东兰县城,但还是认为"东兰位置偏于我区东北角,地点不适中……"为了适应全自治区少数民族子弟入校学习,以资取得更多便利条件,1954年秋季学期,东兰民族师范学校整体迁往南宁开学上课。

尽管当时东兰民族师范学校的学生与教职员工不过两百多人,但还是能为巴马街的繁华起到不少带动作用。所以,巴马街上的群众对学校的搬迁依依不舍。不过,老区人民还是顾全大局,支持搬迁工作。街上部分群众在与学校举行一场联欢晚会后,便欢送学生与教职员工踏上去往南宁的征程。

空下来的学校,很快被建设成一所中学。1955年10月,百色地委和百色专署打报告给上级要求成立巴马瑶族自治县、并要求把自治县的领导机关设在巴马街时,其中就提到"(巴马街)最近又设有中学及完小校,颇为繁荣,有前途建设为自治县的政治、经济和文化中心"。可见,特殊时期,学校体现出的重要性。

1956年2月,巴马瑶族自治县正式成立后,百色地委于1956年下半年开始筹建民族师范学校,历经一年建设,1957年10月正式成立了百色地区巴马民族师范学校。校址在今巴马高中所在地的独狮山脚下。因为历史上两所学校、两个地址存在交叉关系,经协商,两校于1960年互换地址,便形成了今天的格局:中学坚守独狮山,师范背倚麒麟山。

1965年6月，河池地区成立后，因为巴马隶属于河池地区，学校也便改为河池地区巴马民族师范学校，再往后就是今天的河池市巴马民族师范学校。

从历史拉回现实。

我的初中班主任兼语文老师毕业于巴师，年长不了我们几岁，朝气蓬勃，潇洒帅气，教学方式也独特，还写得一手好文章，我们班上的很多男女同学都佩服这所学校的育人之道。中考结束，我填报的第一志愿是巴师，落选了，心戚戚然，只好上了与巴师一墙之隔的高中。尽管我与巴师擦肩而过，但作为寿乡的游子，她也是我心头的骄傲。不但依旧心念巴师，还羡慕就读巴师的学生们。周末，路过巴师校门，抬眼看着灯光耀眼的校门，看着进进出出的男生女生，知道他们已经走出农门，领了粮票，穿上时髦的衣裳，吃上可口的饭菜，男的风度翩翩，女的亭亭玉立，不禁让我高看很多眼。

在多看之后，就更加从心底崇敬起巴师来。

很不容易啊，在这偏僻的巴马，竟然有这么好的一所学校。从现在的情况来看，能选择巴马也许是一种幸运。但在六十五年前，教学环境却是无比艰苦。当时的巴马瑶族自治县，才刚刚成立，可谓一穷二白，百废待兴。只有一条简易的河池至田阳公路穿境而过，街上人口稀少，环境简陋。巴师的校舍也只是砖瓦房，教职工不过数人，经费也是捉襟见肘。

但身在革命老区、民族地区的巴师，沐浴老区光华，吸收民族养分，散射人文气息，释放黉门力量，彰显出应有的高度与情怀。

巴马只是县域中的新生力量，之所以把一所民族师范学校安顿于斯，看中的就是其显耀的地理位置。其实，从当时的区域来看，巴师的教学范围可以覆盖到百色的全部和河池的大部分，尤其是两地的少数民族学生，更需要巴马民族师范学校这样的怀抱。

巴师，没有辜负党委政府的期望，也没有辜负老区人民的期待，更没有辜负莘莘学子的寄托。

学校热情办学，老师激情教学，学生真情求学，社会用情助学，成为一朵奇葩，在老区大地灿烂开放。

在我领略巴师校园风采后，她始终给我的印象是：环境优雅，食堂干净，老师有风度，学生有气质，书香浓郁，精神上乘。

而迈步麒麟山，领略到绝佳风景后，更是让人心情放松，舒坦惬意。神话中描述的麒麟，说是长得像麝鹿。麝鹿又长什么样呢？应该是巴师后面麒麟山的模样。圆润的头，朝南匍匐，硕大的身子朝北拱起，尾巴没入郁郁山林，形态逼真而动人。20世纪八九十年代，麒麟山一带属于社区管辖，山下设有采石场，并正好处于麒麟山的腹部，不断地开挖后，让原本肥胖的麒麟山，逐渐变得有些消瘦了。幸好，巴师及时把这片区域争取到学校管理范围内，停止了采挖，让麒麟山得以保存下来。麒麟山东侧，是宽大的沟壑，学校又筹措资金予以填充平整，建起了田径场和三个篮球场，并在空余处建造了一座名曰"揽月亭"的亭子，亭上嵌有一碑刻，碑刻内容为"揽月亭记"，记述了这段历程。麒麟山精华处，应该是"桂岭碑林"，百余座碑刻，数百首诗词，让书香与春花秋月，弥漫出浓郁的诗情画意，美妙异常。

麒麟山下，钟灵毓秀。著名诗人、书画家马萧萧登临麒麟山时，曾吟出了"松似群龙欲上天"的豪迈诗句，描摹的就是巴师的英才辈出。65个春秋的风云变幻，巴师里的老师与学生们，汇聚智慧，渴求知识，执着追求，壮实力量。尤其是莘莘学子，走出校园，踏上征程，在各个领域里大显身手，或成中坚，或是脊梁，身献大业，光耀山川，令人敬佩。

精于传道授业解惑的老师，他们学高为师，身正为范，教学之余，专心于文学创作、历史研究、教学深探等。在众多出类拔萃的教师中，罗伏龙先生深得大家的爱戴。做校长，他温和谦恭，恪勤朝夕，良方善举，英才辈出。做老师，他躬耕杏坛，循循善诱，诲人不倦，名满八桂。做学者，他孜孜以求，探索书海，硕学通儒，经纶满腹。论创作，他涉猎广泛，山情水韵、春华秋实、天高地阔，皆为佳作。论人品，他谦谦君子，怀才抱德，忠诚担当，正直无私。大家熟知的黎国轴先生，不仅撰写了大量历史人文故事，还主持编撰了《可爱的河池》《可爱的巴马》等众多乡土读本，贡献卓著。像覃祥周先生，从麒麟山下走进邕城，担任《三月三》杂志社总编辑，集壮语专家、山歌行家、民间文艺里手等于一身，幽默风趣，爽朗洒脱，让人亲近。还有扎根于学校的黄正杰校长、唐旭国书记等，多才多能，情怀丰盈，用情于学校的教育与管理，殚精竭虑，收获丰富。还有我所熟悉的黄绍光、吴言明、韦云海、黄高德等从麒麟山下的讲坛上走出来的作家、学者、教授，都成为我生命征程上的良师益友。

麒麟山下的学子们，走出很多优秀人才。因为我爱好写作，在此只能罗列诸如周龙、廖庆堂、韦水妹、韦峙鸿、莫景春、潘莹宇、蓝振林、黄坚、王文昌、刘兴保等兄长和文友们的姓名。他们极具才华与天赋，又坚持拼搏与付出，在文学道路上孜孜以求，果实累累。周龙、潘莹宇、黄坚、蓝振林等以小说见长，或让作品亮相于全国大刊，或干脆以长篇示人，方式不一，影响颇大；以莫景春、韦水妹、韦峙鸿、刘兴保为代表的散文创作，都有自己鲜明的特点和风格，正因如此，莫景春才能将全国少数民族文学创作骏马奖收入囊中；廖庆堂先生则善于报告文学创作，已先后出版数本关于将军的专著，为弘扬和传承革命老区精神贡献力量。

身居红土地，背倚麒麟山；着眼大教育，为民辅未来。巴马民师，一所好学校，一直都没有辜负红色土地的期望！

2022 年 8 月

我们的文学社

文学青年时代，每个人都有文学社的。

我们的文学社，开始叫作"南楼风文学社"，后来与"丹霞文学社"合并，就成了现在的"南楼丹霞文学社"。我还是简称其为"南楼"。

1994年冬天成立的南楼，一晃眼就是二十年时光。近段时间，大脑变得有些贫穷了，怀里情调不阔气，囊中词语太羞涩。在南楼一待，二十年了。真要写写南楼，却一时难以言喻。该把南楼比作什么呢？比作一盏煤油灯，我又不是夜行者；比作一碗稀饭，我的肚子没觉得饥饿；比作一瓶矿泉水，我的口也没感到渴；比作一粒止痛药，目前没有哪里受伤。很犯难。刚好，要走群众路线，有"照镜子、正衣冠"的需要，就依样搬过来，把南楼比作一面镜子。

是镜子，就要照照。照见什么了？

我照见，浮云游子意。记得离开校园，离开经营了几年的南楼时，有很多牵念之情，难以言表。后来读到述强老师在《破壁》中写到的"在他们缤纷散而去后的一个深夜，天下起了大雨，响起了雷声，我默默地在纸上写下几句话："在另一片打雷的天空下，去经历一场暴雨。去孤独地面对一切，去体验那些无比感伤和无比玄妙的事情"后，百感交集。近日，在QQ上与荣陆君闲聊，荣陆君将有写《南楼在宜州的几个据点》的打算。他的这个想法，触动了我。是啊，每次南楼人聚会据点不同，就说明我们一直在漂泊，有了漂泊，就有了游子般的感觉。漂泊，只是身体和情绪，而根系还扎在那些密密麻麻的文字之间，情怀也还留在那一片最初的园地。其实想想，于我自己而言，还是蛮幸运的，生命中竟然有缘于南楼丹霞这片园地。不广袤但有泥土，不繁杂但有气息。无需刻意打理，无需精心剪裁。哪怕回到黄山谷笔下的"轻纱一幅巾，短簟六尺床；无客白日静，有风终夕凉"的状态，都是很好的。所以，回过头来，我们没必要跟谁较真，我们有自己湛蓝的天空，我们还可以把南楼丹霞喻为蓝天中的悠悠浮云。看看，浮云在天上飘，它终究会懂得云底下一群游子的心境。

我照见，白首搔更短。岁月如川，不舍昼夜。岁月，像染发剂，把我曾经的青丝，染白了；岁月又像剪刀，把我的头发剪短了。近日，教七岁犬子练习毛笔字，有"黑发不知勤学早，白首方悔读书迟"句，犬子问："什么叫白首？""就是白头，头上长了白头发，意思是人老了。"随后，我指了指自己头上顽强而刺眼的白发。"你算老了吗？""老了。"又正逢着搬新家，整理书房，翻到那些有些残缺了的《南楼风》、打开排列混乱的《南楼丹霞》，发现当初钢板上走下来的那些歪歪扭扭的文字、差差涩涩的表述，摇身一变，形态已被岁月整饬得翩然潇洒，韵味已随时光出落得隽永大方。才猛然意识到，二十年的风华，正如窗外呼啸的风，翻乱了心绪。正是这面镜子，透射出很多年轻鲜活的面孔和激扬青春的文字，促我意识到，时光你只能照得见，却捉不住，也拦不住。就搔搔头，很无奈，但也蛮洒脱。

我照见，望岳起仙心。有起仙心之意，就意味着自己的心态还不老，自己的为文之情还没断。述强老师的鞭策，瑞柠、荣陆、寒云等诸君的点醒，真让我一直不敢放下当初的那点梦想。梦想就像春天，去了还会来；梦想也像枝头，枯了还会荣。哪怕自己没有风尘三尺剑的气魄，还是想在文字的江湖上，混一混。可惜的是，我的梦想，总因为想象的不足而难以洇散蔓延，总因为行动的疲软而裹足不前。期间，我撕碎了很多纸张，浪费了许多笔墨，弄坏了两台电脑，消耗了最青春的时光，还逗来了家人的埋怨，仍一事无成。而我的一帮师弟师妹们，像寒云、费城、孟爱堂、剑书、牛依河、杨怀宇、刘景婧、举子等，他们语言活奔，想象多情，声名鲜艳，让我动心。看看杨怀宇的文字"如今在桂西北大地上，一座座高峰正在崛起，群峰并立的场面无比壮观。我伸出手连同我的目光一同伸向天空，即使双手是血，满脚是泡，也要衣衫褴褛拄杖前行，上到那峰顶看一看险峰上无限风光"。透射出豪迈，也投射出高远的志向。他望见的那些山峰，或许也是我望见的山峰。望岳起仙心，还真有点心动。

不管把南楼比作什么，她都那么翩翩然然地走过来了，而且还要朝前走下去。到底能走多远，又能发出怎样的光彩，只待时间来回答。陈庆华老先生曾在《南楼丹霞》发表过这样的词句："登山临水漫徜徉，朝赏烟霞，晚送斜阳。幽兰空谷暗浮香，不欲流芳，久自流芳。"这是陈老的遣怀之情，但愿也是南楼的生存境界。

2014 年 11 月

南楼丹霞文学社成立二十周年

春风糯糯三月三

春风情浓，三月花开。三月三，天生注定是一个属于鲜花和妩媚的节日。

作为节日的三月三，已经被很多民族把不同的形式和内涵植入到这一天的时光里。但从我个人的感受来说，我愿意这样的节日，最初应该来自壮族。我觉得，三月三，她就像壮族姑娘一样，集鲜活、娇羞、清纯于一身，婷婷朗朗，爽爽盈盈，很招人遐想。我不知道，我们那一带从湖南、江西、四川迁徙而来的汉族人，是否原本已经有了三月三。而我更愿意接受的事实，是夹居于壮族间的我们，因为遵循了入乡随俗的古训，在百十年的慢慢耳濡目染中，移风易俗，才跟着过上了这个满身柔情的"三月三"节日。

小时候的记忆中，三月三很矫情，她与鲜花齐芳，与风情结伴，与浪漫搭肩，还与家家户户共眠。而我最愿意的，却是她永远属于五色糯米饭。

春风拂过田野，润润的空气里翻飞着阵阵清香，节日的铃声即将敲响，一家人就开始忙着迎候五色糯米饭的到来了。大人有大人的职责，小孩们的任务就是在漫山遍野寻找颜色。第一种色彩是紫色，它是由红蓝草浸染而成的。红蓝草我们叫它染饭草，就种在菜园的角落里，早已变成青翠葱茏的一片，采摘的工程就显得十分轻便；第二种色彩是黄色，这个需由饭花来浸染。饭花生长在石山上，离家不远。大多时候，饭花的花期一般早于三月三，真待节日到来时，繁花已逝，所以我们得趁早采摘它，用开水焯过后，晾干存放，等待节日到来；第三种色彩是黑色，它由枫叶来负责浸染。枫叶生长在离家稍远的土山间，大家都会在三月三的头一天，到山上去采摘。鲜嫩的枫叶，散射清香，让人心情愉悦；第四种是红色，需要到商店去购买，它属于化学成分，不像植物的香味能沁人心脾，大家都不太喜欢；还有一种就是糯米的本色——白色。每种颜色准备好后，就分别放在不同的盆里泡上糯米，待浸染的火候差不多了就捞出来滤干，放入准备好的蒸笼。五色糯米上了蒸笼，往火灶里添几把柴，不久，夹杂着红、黄、紫、黑和白色的五色糯米饭，就出了笼，被摊在铺好了芭蕉叶的簸箕里，很快就飘香了整个屋子，也飘香了整个村庄。每一色都取一点，放入手心，抟成一团，热热乎乎的还有点烫手，左右手便不停地轮流抛来抛去，然后咬上一口。那个香啊，舒服得让人恨不得飞翔起来。

到了读初中后，因为学校离家有一段距离，又逢不到假日，帮忙做糯米饭的机会少了，只能在下午放学后急急猴猴赶回家，吃上现成的糯米饭。我们寄宿在学校，每天只能吃蒸玉米饭，吃蒸黄豆，玉米饭粗粗糙糙，黄豆汤清清寡寡，让青春期的我们严重营养不良。只能盼啊，盼节日的到来。元宵节过后，三月三就是第一个能大饱口福的节日。想想，当时能碰上节日，那种等待，那种欢喜，该如何抑制啊！人在学校，心已回家了。真回到家时，有时糯米饭还有余温，等不及洗手就用手抓着塞进嘴里了。

年纪稍长，我对三月三的感受不仅仅停留在五色糯米饭上了，而是怀上了另一份情愫。就是说，从嘴巴对糯米饭的馋，转入到对家人的想念，对故乡的牵念。

记得进县城读高中后遇到的第一个三月三，是星期四。三月三虽然是盛大的节日，毕竟没有为之放假的规定，我们只能眼睁睁第一次等待着三月三从我们的身边悄然溜走。从县城回村的"三马车"就一辆，而且都是在每天的下午两三点钟就结束一天的行程了，我们不可能在下午5点钟放学后还能赶上回村的车。当时心里的焦急之情，估计一本稿纸都写不完。我以为只我一人焦急而已，没想到邻村的老杜、老曾，比我还急。中午时分，他们就来鼓动我，让我们四个处于一条公路沿线的老乡放学后走路回家。走路？我有些疑惑。将近20公里的路，要走多久？而且，学校又不放假。管他多久，管他放不放假，反正我们是在下午放学后就结伴出行了，明后天的课也顾不上了。迈上回乡的路不久，天空就在我们前进的脚步声中一步一步暗下来，直到黑夜笼罩了整个天空。荒凉的天地间，好像只剩下我们四个人。我们步行的沙石路，在夜色中犹如一条白色的缎带，也像一条柔曼的河流，没有让我们迷失方向。刚开始，大家还有说有笑，但是随着路程的拉长，我们的话语越来越缩短，后来几乎消失，只有脚步声、心跳声和喘气声混响在耳畔。谋生的公路上，我们没有害怕，但越是临近村庄，我的内心越来越紧张。我是最害怕走夜路的。也许是我的想象力太丰富，反正那些听到的鬼故事，一直在我大脑中徘徊，总害怕别人谈起的那些幽灵，会突然闪现在我的眼前，我不敢环视左右，只好一味盯着朦胧的路面迈步。幸好，我们一路平安。那一夜，我们走了将近四个小时。记得我裹着夜色回到家时，家人已经闭灯睡下了，被拍门声惊动的家人对我们的举动感到十分惊讶和不解。其实，我对我们当时的举动更惊讶与不解，到底是什么力量催使我们要逃课，并驱赶着我们冒着黑夜风尘而归？难道就为三月三？

之后的三月三，因为我不能在节日当天回家，祖母、母亲总会将三月三蒸出的五色糯米饭在太阳下晒干，保存好，等待我在节后的某一天回到家后，再拿出来和着油盐炒一炒，又会让饥渴的我能大快朵颐。当然，我在高中后几年的三月三，有县城附近的同学邀请我到家里饱餐了一顿，也有女同学在晚自修时偷偷塞给我两枚红鸡蛋，那些偶尔一现的感动，也成为我永恒的记忆。

我知道，岁月的流逝，已经消磨了我们对传统节日的参与之心和敬重之情，我们再也不能重回童年、少年时代那种让人期盼的三月三了，但因为有故乡，有亲人，我们对故园的牵念之情总会在节日里变得更加强盛，难以抑制。

春风吹拂，百花争妍，又是一年三月三。不管我们期待与否，兴奋与否，一个极具诗情画意的节日总是如期悄然来临。

2006 年 4 月

粽子飘香五月天

端午节即将来临，又到了吃粽子的时节。

容易思乡的人，但凡到这个节点，都会染上乡粽情怀。离家不远，可以轻车简从，回到老家，品尝所思所念；离家稍远，也可以利用端午假期，携家人，临乡梓，感受节日氛围；离得实在太远，怎么办？只好怅然于异地他乡，想念家乡的味道了。多情者，也不过像唐代吕温一般，在无法归乡的中秋夜"回身向暗卧，不忍见月光"。

当然，这不过是对久远前生活状态的描述罢了，现今随着生活水平的提升，粽子已是平常食物，不必等候端午，也不用担心粽子总是家乡好了。比如我在上班途中，偶尔会从金城中路穿过南城百货小巷，到南新西路的单位。就在小巷里，有几家固定的粽子摊位。每次路过摊位，粽子香气扑鼻而至，风雨不改。遇到还没吃早餐时，就买一个，老板顺手帮剥开后，热气散发，味道迷人，让人胃口大开。

但端午到来，老家的风俗，都还是要包粽子的。传统节日，流传了几千年，浓郁文化氛围里的丝丝缕缕，粽子是最为核心的那一物，想绕也绕不开。我老家那地方缺水，不可能有端午赛龙舟什么的，一年就一个牵念：吃粽子。因为古代崇尚以牛角祭天，没有那么多牛角呀，就把粽子包成牛角形，代替牛角的作用。家乡那些用粽叶或者竹叶包着的粽子，呈三角体，细长，还真像小黄牛的牛角，也像金字塔。因为佐料以及浸泡方式不同，蒸熟后的粽子，有色泽金黄者、有洁白如玉者，但不管色泽如何，都是清香可口之物。要是那种不放馅料的碱水粽，剥开蘸上蜂蜜或红糖水，一口一个，清香照样悠长。

端午的粽子，也称五月粽，跟春节期间的粽粑有所不同。老家人为了区分小粽子与大粽子，便把大粽子称为粽粑。春节期间，有包粽粑的习俗。大年初一，就开始浸泡糯米，然后从菜园一角割了大张的粽叶，以五花肉、板栗、饭豆、绿豆等为馅料，一张叶子包一个，或几张叶子拼起来包一个，包好后其状如枕头，我们也称之为枕头粑。蒸煮熟了的粽粑，剥开，再用包粽粑的丝线或者稻草，按照勒痕将粽粑分割成数节，糯米以及用猪肉、板栗等混合做成的馅料，一同散发出诱人的香味，令人垂涎欲滴。到了端午，家家户户也包粽子，与春节时不同，端午的粽子，是另一种粽粑叶，称箬叶，像竹叶大小，没有粽叶的人家干脆就用竹叶来包。两种叶子带来的香味差不多，关键还是看内涵，糯米的品质和馅料的华丽才是关键。包粽子，千万不能徒有其表。这两种叶子，也可以单独包一个，也可以两三张包一个。但考虑不宜久藏的季节因素，或是便于入口的因素，五月粽是不宜包得太大的。要是个头太大，有时一个人吃不完，因为其金字塔般的形状，不好分割，就会造成浪费。我身边就有这样的故事。说是有一对年轻夫妇，父亲从乡下来到家里看望他们时，儿子准备拿一个五月粽给父亲，但认为粽子个头大，舍不得单独给父亲吃，便和父亲分食一个，不规则的五月粽，不好均分，用了巧劲，才把糯米与馅料分得均匀；儿媳妇则舍不得拿猪排骨招待公公，把排骨收藏起来，当时又没冰箱，想不到公公一待就是三天，排骨就从一个隐蔽的角落散发出了臭味。后来，好事者以对联的方式进行总结：好媳妇智藏生排骨，味道乱窜；乖儿子巧分五月粽，亲情难分。

五月粽，不宜贪大，不宜分吃，就是这个道理。

这不，由广西现代职业技术学院与河池市职业教育中心学校连袂推出的"壮乡寿源粽"，就小巧而实在。

小粽子，说的是体量。粽子虽小，而情怀无限。还有其背后链接的产业，更是空间广阔。两所学校，把一个传统美食，打造成产业基地和创新创业实训基地，就是一份大情怀、大气魄。作为世界长寿之乡，作为长寿市，河池有天然的土壤、空气和水质，能培植出优良的糯米、板栗、黑米、绿豆、肉猪等所需的材料，这些元素组合而成的粽子，是能够飘香万里的。

品尝之后，必有话说。我购置了两盒"壮乡寿源粽"，只见其外装精美，很有装饰感。小粽子真是小巧玲珑，五个一组真空包装，每盒30枚。泄出真空，放入盘子，微波三分钟，香气就会溢满厨房。剥开，香气更加浓郁。想不到，小小的粽子里，内容却很丰富，能让人大开眼界，也能大饱口福。大小适中的粽子，符合各种需求和选择。一个不够，可以两个三个。正上初中的儿子，一口气吃下五个"壮乡寿源粽"后，摸摸肚子说，忍一下再来两个。见如此适合家人的胃口，知道它应该符合更多人的需求，我便又购置了一些，寄给远方的亲友。我希望他们能在另一片天空下，品尝到来自长寿之乡的美食；也希望家乡的香味，能穿越时空，在更多的空气中飘香弥漫。

小小粽子，据说在食品界有"活化食"之称，它集味道鲜美、便于携带、历史厚重等优点于一身，流传几千年。史上有粽子起源于祭奠投江的屈原之说法，这不一定准确。其实，粽子的历史比端午节祭奠屈原的历史还要悠长。但不可否认的是，一个工艺并不复杂的粽子，因为有了屈原，便有了灵魂，有了内涵，从而成为中华食品界的翘楚，成为中国历史文化积淀最为深厚的传统食品之一。

粽子飘香五月天。当然，我希望它不仅仅在五月天飘香，应该是飘香四季，飘香万里。

2022 年 6 月

鲜艳古典的季节

作为古蜀国文化重要发源地的成都市，人文风景名扬海内外，如武侯祠、杜甫草堂、王建墓、青羊宫、文殊院等等，比比皆是。然而，在我进入成都的短暂行程中，我最先找寻的却是有关于唐朝女诗人薛涛的丝丝缕缕。

在成都东门外锦江河畔的望江楼公园内，修竹林立，曲径萦回，环境清闲而静雅。与薛涛有关的薛涛像、薛涛墓、薛涛亭、薛涛井，都隐藏在茂林修竹之间，自有一种古典的韵味。

多年以前，我到罗城县拜访工于古诗词也工于书画的陈庆华老先生时，在其客厅里，我看到了陈老先生画的薛涛像。画中女诗人，持笺回眸，衣袂微扬，神采超凡，让人思绪辽远而古典，使女诗人的形象在我的心目中变得丰富多姿起来。在相距十年后的这次成都之行，走近薛涛，去领略那些点缀在凡间的女诗人的风采，令我的心情十分愉悦而激动。

薛涛字洪度，天赋异秉的她，幼时即展现出文学之才，八岁能诗。正值青春年少时，由于父病逝世，与母亲相依为命的薛涛，迫于生计，只好凭自己过人的美貌及精通诗文、精通韵律的才能，在欢乐场上侍酒赋诗，弹唱娱客。出任剑南节度使的韦皋，惜薛涛之才，邀入帅府侍宴赋诗。之后，薛涛出入西川幕府十一载，唱和诗作五百余首。

我见到的有关女诗人的第一个遗迹就是薛涛井，这只是作为一个留作后人凭吊女诗人的地方，旧名为玉女津，因明初至明中叶时蜀藩王在此取水仿制薛涛笺，而被民间逐渐认同，最后称之为薛涛井。薛涛的多才多艺，并没有仅仅体现在其诗文与韵律之中，单从这"薛涛笺"，就让我们遥望到了薛涛作为一代才女的风采。当年的薛涛，于吟唱之余，常有闲雅之举，她把当地特产的胭脂木浸泡后捣烂成浆，和上云母粉，渗入清净之水，制成一种粉红色的纸张，纸面上呈献出不规则的松花纹路，显得高贵清新、淡雅别致。她用这种自制的纸来写诗或送给友人，影响逐渐广泛起来，人们便把这种纸称为"薛涛笺"。晚年的薛涛，由于美人迟暮，便在隐居之中过着"鬻笺"度日的生活，闲雅之中也透射出女诗人生活的辛酸和凄苦。

薛涛像掩映于茂密的修竹之间，白色的雕像，在翠竹间泛着一道道光芒。女诗人面色轻快，体态富贵，形神自然，显示出唐代之美。其实，历史上的薛涛原本就是一位才貌双全的女诗人，不仅如此，她在自己生命的旅程中演绎出的那一段短暂的爱情，也让世人钦羡和叹息。在薛涛四十二岁那一年，奉命任职于蜀地的才俊元稹，见到薛涛后，就为其美貌和才情打动，而这一年，元稹才三十一岁。十一岁的年龄差，也没有阻挡住两人的相互倾慕。这对于薛涛来说，尽管她生命中的春天姗姗来迟，但她依然释放了自己作为女人的激情。她与元稹相爱了，相爱在唐朝那个久远的年代里，让许多人为之惊诧，也为之动容。元稹对薛涛的倾慕，是真心的，从其"锦江滑腻峨嵋秀，生出文君与薛涛"，把薛涛与貌惊世人的卓文君相比，可见元稹的用心。被爱情打动的薛涛也情不自禁地吟唱："双栖绿池上，朝暮共飞还；更忙将趋日，同心叶莲间。"然而，就像浪漫的花瓶总会被现实的利器击碎一样，薛涛的爱情也在凄凉的调子中画上了句号。他们在度过一年如胶似漆的生活后，元稹便远赴浙江上任新职。万水千山间，那一段美好时光最终也成了一种相思、两处闲愁。元稹的移情新人，使迟暮的薛涛心灰意冷，在愁苦中叹息，终身不嫁，隐居度日，把悲愤伤心的情感倾洒于诗行间，有如绝唱。

唐文宗太和五年（832），隐居于浣花溪的薛涛，孑然终老，孤独地离开了令她愁绪纷繁的人世，把她六十二岁的一生，散化为一个历史间的回忆。处于成都望江楼公园里的薛涛墓，是几经迁移后才新近安放于此的。墓旁修竹万竿，清雅而宁静，这也许正符合薛涛生前的心境。作为一代才女，她大半生应酬于浮华之中，期间虽有白居易、张籍、杜牧、刘禹锡、张祜等文人雅士，但毕竟是少数。我想，女诗人应酬的大多是一些附庸风雅、浪得虚名之辈，吵吵嚷嚷，令人无以安宁。薛涛晚年过着隐居的生活，就是对灯红酒绿的逃避，死后归入修竹之中，与幽荫相伴，才是最好的归宿。一千多年后的今天，看着翠竹青冢，日落黄昏，让人思绪不止，也叹息不止。

唐朝是诗人涌现的时代，在那个遥远的年代里，女诗人寥若晨星，能有诗作流芳于后世者，更是凤毛麟角。但薛涛，这位作为旷代奇才的女诗人，就偏偏如一株奇花异草，很顽强地生长和盛开着，鲜艳了那些古曲的季节。

2004 年 11 月

一棵果树在都阳山顶

　　从福建省平和县出发，一路向西，穿过高山与河流，沐浴朝阳与落霞，一棵果树，来到了都阳山。

　　都阳山，其实是一座山脉，是一座气势恢宏、风景绝佳、名气响亮的山脉。它从桂西北的凤山县境内崛起，朝着西南延伸，过东兰、进巴马、入大化，在大化的都阳镇稍作停留，然后继续向西南迈进……

　　延绵几百公里的都阳山脉，偏偏在大化出现了都阳镇，一座山脉便被大化人叫成了都阳山。

　　到底是因为有了都阳镇才有了都阳山的命名，还是因为有了都阳山才有了都阳镇的称谓？不想在此过多猜测。

　　2017年初春某天黄昏，一棵果树，来到了都阳山脚，就这样有了第二个故乡。她记得自己的第一个故乡平和县，位于福建南部，资源广博、物产丰沛，有着"中国琯溪蜜柚之乡"的称号。

　　这棵果树，就是蜜柚，因为培育于高山，又适宜生长于高山，便有了新的名字：高山红柚。其以果大、无核、质优著称，果肉为淡紫红色，柔嫩汁醇、甜酸适度、清香爽口、风味独特、沁人心脾，而且该柚适应性强，为柚中之冠。清朝年间，为皇帝专属贡品。

现在，她被千里之外的都阳山相中。

千里迢迢到了都阳镇，她在深邃的夜空里嗅到了一丝久远的气息：这竟然是一个古镇。明洪熙元年（公元1425年），都阳一带被划设为思恩府十三堡之一，命名都阳堡；明嘉靖七年（公元1528年），明朝在都阳镇设置都阳土巡检司。随即，土巡检司开始在司治所在地建造自己的土司衙署。司衙居高临下，三进两院，四周筑土垣防护，自成城堡，雄伟壮观。如今的土司衙署，城墙已毁，只保存有两进楼宇。外观，见红砖碧瓦，石门石坎，结构严谨，韵味无穷。近看，门庭开豁，窗阁古朴，雕花嵌鸟，镂龙刻凤，格调雅致。入内，则是八窗玲珑，通彻明亮。历经四百多年风雨，土司衙署依然屹立不倒，成为大化瑶山厚重的历史记忆。

记得自己的故乡平和县，同样历史悠久，沉淀深厚，是每一个人每一棵花草树木的骄傲与信赖。延绵的历史、悠久的文化，终将沉淀为厚重的依靠。文化展示出的是善良与温润，体现了人们的心理认同和情感归属。德之所在，天下贵之；道之所在，天下归之。便安心踏实下来，感觉到不虚此行。

天明，开始登山。所登之山，为都阳山脉千峰之中的东甲岭，海拔1060米，据说是大化境内海拔第二的高山。

东甲岭是一座土山，是整个都阳山脉中海拔最高的土山。望眼都阳山脉，星罗棋布的高大山峦中，以山势陡峻的石山居多，海拔逾千米的土山，仅东甲岭一座。

就在登山之前，东甲岭上，树木郁郁葱葱，烟缭雾绕，远观神秘莫测，近看怡悦爽神。

因为土地资源丰富，而且土质上乘、气候特佳，东甲岭适宜发展水果产业，可以创造更大的经济价值。经过反复考察论证分析后，一批被称为高山红柚的果树，便千里而来，登上东甲岭，在今后的岁月中，根植沃土，开枝散叶，结出硕果，造福于斯地斯民。

明媚的阳光下，一棵果树沿着新修的水泥路，蜿蜒而上。多少同伴，已被安置在山脚、山腰。只有自己和少数同伴，爬行到最高处。

一棵果树，就这样被种植在山顶，在海拔1060米的山顶。

天高云淡，清风怡人，她站在最高处，远眺四围，只见群山逶迤，大地葱茏，白日在眼前，青云如咫尺。"是山高莫比，身又比山高"，说的就是这种感受。此刻，生命的迁徙、旅途的疲劳、人生的困惑、前途的茫然，全部一挥而散。她明白自己永远是山顶的一部分。漫长的岁月中，山顶上的泥土、阳光、空气以及黑夜中的月亮与星子，将构成自己永久的家园。

迎来朝霞，送走夕晖，根扎沃土，枝吐绿叶，她从水土不服的阴霾中走出来，笑对阳光，努力成长。其间，她认识了自己的主人。这是一位年轻、志强、实诚的主人。他名叫覃活虎，看上去真的生龙活虎。作为大化人的他，原本在广州、中山一带的五金厂务工，衣食无忧，收入不菲。但他要追梦，追逐属于自己还能造福他人的梦。于是，他便携带家人，于2013年开始返乡创业，并着手种植沃柑，很快便实现了创业梦。虽限山川，常怀梦想，不囿于小我的他，还要扩大梦想，继续追梦不止。他怀揣从沃柑中获得的第一桶金，于2016年开始征服都阳山。他从都阳林场租下整个东甲岭，开垦出两千多亩的梯地，然后到福建平和，物色高山红柚，运回东甲岭漫山遍野地种植。这棵红柚树意识到自己和同伴们，就是主人覃活虎的梦，是朝夕照顾大家的护工们的梦，是多少家庭的梦，也是都阳镇、大化瑶族自治县扶贫产业开发的梦，责任重大，来不得半点差池。她告诫同伴们：为自己、为更多人的梦想，大家都要活下来，还要活得精彩，不能让青春虚度无所成。

为了成就产业发展，大化在都阳镇东甲岭上倾注心血，修了路、通了电、做好水肥一体化灌溉等，方便每一棵果树的安家落户。

很快，东甲岭恢复到郁郁葱葱的状态，比之前更有秩序，更有规矩，更有魅力。

站得高，望得远，可谓山登绝顶我为峰。但是，也有高处不胜寒。这不，冬天的风来了。一连串的风，异常猛烈，众多果树在大风中，摇头晃脑。风的后面，是无尽的冷。当阳光完全隐没后，那些冷，肆无忌惮地粘贴上来，死皮赖脸地与果树们零距离接触，挥之不去，赶之不走，令果树们心烦意乱。

尽管果树被命名为高山红柚，可以耐得住寒冷，承受得住炎热，但还是有少部分同伴，忍受不了其间的艰辛，最终含恨而去。不久，新的同伴又住进来。冬去春来，果树们历经艰辛后，又傲然于山顶，与太阳同乐，与月亮相伴。每天，她看见护工们，或顶烈日，或冒风雨，帮助自己和同伴们除草、施肥，及时添加水分，时刻补充营养。感怀的泪水，沁出枝头，化为露珠。

入夏，果树们都生病了。一些树梢、叶子，由青慢慢变黄，部分叶子上还镶嵌着黄绿相间的斑块。阅历不深的果树们茶饭不思，面黄肌瘦，脑袋耷拉，枝丫低垂。幸好，护工们发现了大家的病症，及时行医用药，让果树们药到病除。转危为安、化险为夷的果树，以新的姿态，与夜月相望，与青云并翱。

岁月不居，时节如流。风雨浸润两年后，众多果树已成为茁壮之树。夏日的炎热、寒冬的酷冷、风雨雷电的惊恐、长空皓月的清爽、漆黑深邃的孤寂，都为果树的成长，添上了茂盛与缤纷。没有辜负主人的期望，没有辜负大山、土地、阳光、雨露、皓空、星月、云朵的期望，果树们相约，一同长出了生命中的第一批果实。

东甲岭乐了，都阳山的四周都喜笑颜开。

立足高山，向四处眺望，只见气势磅礴的东甲岭，已成为一片生态乐园，配套有特色民居、蜜柚大观园、柚花观赏亭、蜜柚采摘园、亲子体验园、蜜柚养蜂场等，远近驰名。从最高处蔓延，近处是高山红柚，稍远处则是高山油茶，再远一点便是青山绿水、田地家园。家园里，正是炊烟数串、蛙鸣一片。

一棵果树，调整心态，平静地望向远方，她才发觉，自己的视力是如此之好。她看见了七百弄延绵不绝的峰丛洼地、岩滩电站碧波荡漾的青翠湖面、红水河百里画廊的怡人景致；还看见成群结队的七百弄鸡、跳跃不定的北景红水河生态鱼、楼宇林立的移民新城……

"大鹏之动，非一羽之轻也。"辽阔的寰宇，一座山，是小的，但是和一棵棵果树加在一起，就变得庞大而沉重。一座平实的山，浓缩的是一个地方登高望远的雄心与毅力，释放的是一个地方四射的绿色之光；一棵普通的果树，浓缩的是一群追梦人平静的理想，释放的是一群奋斗者热情的付出。

都阳山，唯集百果于一园、汇万绿于一山，才有繁茂与磅礴，才能撑起一片蓝天。

2018年11月

霞客南丹行

达人所之未达，探人所之未知。这是一代旅行家徐霞客的志向与过人之处。

1636年农历九月十九，自认为"老病将至，必难再迟"的徐霞客，开启了他一生中最后一次也是最为壮烈的一次出游，目的是祖国的西南方向，后被称为"万里遐征"。从浙入赣，由赣入湘，一路西行的徐霞客突然调转方向，开始南下。从湘入桂后，他的下一个目标便是贵州、云南甚至四川。尽管他最后没有去成四川，但在入云贵的线路上，南丹是一条重要的途经之地。

在宏阔的画卷《徐霞客游记》中可以看出，徐霞客在粤西（广西）的游览记录就占了整个游记的四分之一，这说明广西山水在他心中的分量很重，成为他晚年游历祖国大川的着笔重点。他从湖南放舟南行入境广西，途经全州、兴安到达桂林，在桂林游历后经永福、鹿寨到柳州，游历柳城、融水后再至象州、武宣到桂平，游历玉林、北流、容县后到贵港、横州再到达南宁，之后沿左江乘舟溯流而上，游览崇左、大新、天等、隆安，再从上林境内北行，到达宜州，然后经怀远、德胜、金城江、南丹往贵州独山而行，从而结束了广西境内几近一年的旅行。

到宜州后，往贵州的路径，要么经环江，要么经南丹。徐霞客最后选择的是南丹。刚开始，他是极不情愿做如此选择的，在友人的建议下，其本人又占了卦，还有熟人伴同，才别无选择由此而行。其实，南丹之行，让一代旅行家有了不少的意外收获。

但徐霞客出行南丹，却又颇费一番周折。

这先得从一位叫陆万里的人说起。陆万里乃江苏镇江人，时任三里城（现上林县境内）参将，因为都是江浙人，他乡遇老乡，情真意切，两人一见如故。刚好又逢上南方的梅雨季节，徐霞客便冒雨在上林境内遍览景色，一逗留便是五十余天。期间，陆万里或亲自陪同，或让其亲弟、孙子、内侄以及部下轮番陪同观赏风景、设宴款待，还教他跑马射箭，极尽老乡情谊，让人羡慕。关键一点，陆万里还亲自为徐霞客选定出行时日和规划具体路线。原计划，徐霞客想从右江溯流而上，过凌云、乐业一带入贵州。这条线路被陆万里否决了。为何呢？原来，陆万里手下的冯润，庆远府人，被派往泗城州（现凌云县）任职（因为徐霞客没有具体介绍冯润的职务，恰又无从考证，我认为应该是任职泗城州的总兵）。刚好，担任泗城州土司的岑云汉刚刚加授副总兵头衔，因为当时副总兵的性质、职能与总兵相同，只是权威稍次于总兵，但作为土司，岑云汉却要求冯润以下属的礼仪相见，冯润不听从，其随从被拘捕，过半被虐待致死，其本人也被扣押。待陆万里到泗城州出巡并知晓此事后，才把冯润解救出来带走。但为了此事，陆万里的三儿子以及两个随从付出了生命的代价。

陆万里对泗城州是有恨意的。所以，他拒绝徐霞客往泗城州方向出行，并介绍他借道冯润任职的庆远府，经南丹州往贵州进发。

因此，徐霞客怀揣陆万里写给冯润的书信，一路北上，从上林到了宜州。幸好有陆万里的推荐，才有了徐霞客留给河池三万多字的宝贵游记。但是，到了宜州后，至于从哪个方向往贵州，并没有如陆万里规划的那么顺利。

在宜州，徐霞客没能如期见到冯润。冯润的母亲热情接待了徐霞客，一面极力挽留客人，一面派人去报告外出公干的冯润。在宜州停留了十日，仍然见不到冯润，徐霞客派人到冯家要马打算出行，却又被冯母派人来再三挽留。反正宜州风景多，尚未游览够，徐霞客便又留下来，忘情于山水间。时隔六七日，还是见不到冯润，要不到需要的马匹和接济的物资，忍无可忍的徐霞客，背靠寺庙廊檐，修书一封，打算向陆万里告知此事。想不到守候一旁的冯指挥使的妻弟陈瑛，请求徐霞客给自己看一看信。待发现了信的内容后，陈瑛意识到：这封信的内容若让陆万里知道，冯润会就此获罪。便请求徐霞客暂缓一下，自己再写信去催促冯润。

第二天，除了得到陈瑛及相关人士接待外，冯润依旧没有出现。一晃眼就过了二十天。直到临行出发前两天，冯润才出面，送了一两黄金和一些酒菜给徐霞客。我一直想不明白，面对救命恩人推荐的朋友，冯润为什么一直没有拿出应有的热情呢？按照陆万里的设想，是让冯润派出马匹、人员、物资，送徐霞客取道南丹入贵州的。

但冯润没有做到。

徐霞客只好悻悻上路，到德胜时，一时不知何去何从。

摆在徐霞客前面的有两条路：一条是往南丹入黔，一条是往环江入黔。

当时的德胜，原来设有两个衙门，一个是宜州管辖，一个是河池州管辖，后来合并，统一由河池州连同代理德胜镇上的政务，但镇上的营房却分为德胜营和河池所。因为徐霞客的行李已被挑到了河池所存放，徐霞客便拿着官方书信和兵符去向管理河池所的指挥使刘弘勋报到。刘指挥使比冯润要热情很多，按照徐霞客的原话是"馈程甚腆"，意思是馈赠的路费十分丰厚。但徐霞客只留下其中的米和肉，其余悉数退回。其实，徐霞客一路上都是如此，不索取，不贪图，够吃够用即可，足见其清风品格。

因为看得出刘指挥使为人清爽，徐霞客便向他征询取道西行之事。

刘指挥使便真诚地与徐霞客分析：去南丹州的路是大路，好走，但路途遥远，尤其是近期莫氏土司正内乱，作为土司的大哥莫佽与起兵造反的三弟、四弟激战后，三弟被土司抓获，四弟则投靠处于独山的土司，两者都虎视眈眈，让行人害怕，也让南丹通往贵州的道路几乎难以通行；经荔波出行，路途近，但思恩（现环江）西部边界上有座叫河背岭的高山，高峻艰险，终日没有人烟，是一条让人畏惧的道路，需要很多人来护送才能通行。

何去何从？徐霞客在两者之间犹豫，心存疑虑。

在德胜的三天时间里，徐霞客先后占了三卦，最后是往南丹方向胜出，恰好又有新交的友人也往南丹州，正合了心意。

"随月出山去，寻云相伴归。"1638年2月14日，粤西北德胜镇，在碧空如洗、冰轮东上的夜晚，一代旅行家徐霞客，仰望明月，于万丈清辉之下做出决定：明日南丹行。

2月15日，天色如洗。徐霞客一路西行，寻游东江，踏足金城江，西出河池州，途经杨村，翻越大山塘，于2月18日进入南丹，开始了南丹之旅。

徐霞客进入南丹的第一站，便是土寨关，即为南丹土司征税的关口。当天，徐霞客途经百步村，想投宿于江西人开设的客栈，可是当时由数家茅舍搭建成的客栈，已被三百多人的锡矿商和挑夫占满了房间，无可托足，只好继续前行，最后到了一个叫岩田村的地方安顿，落户于一家有三间瓦片盖顶的竹楼家，炊粥为餐后，便躺在地板上入睡了。

"平明起，炊饭而行。细雨霏霏。"尽管天气寒冷，徐霞客一行却是睡得安稳。从他记述的字里行间可以看出，他的精神状态很好，而且是清晨就炊饭为餐，比头天晚上的炊粥为餐要强了很多，哪怕细雨霏霏，也照行不误。

徐霞客看到了阔约五六丈的大江，他两次提及的大江，从他记述的地理位置看，应该是刁江。渡江后，几经转折，他们一行来到了通往南丹州交通要道上的金村。此地向西去锡矿坑有十五里左右，从德胜同行而来的友人，目的地正是锡矿坑，而徐霞客的目的地是往西北的南丹州，他们只好在此道别。徐霞客站在路口，看友人在山道上踽踽而行，难免有些悲愁。此时，天空又飘起了绵绵细雨，徐霞客感觉下起的不是雨，而是绵绵愁绪。他想起了自己与陆万里道别的情景："极缱绻之意，且订久要焉。"此刻，大家也是难舍难分，还互相邀约要长期来往。一别天涯，相聚何易？因为要等候村里的头人安排相关事宜，徐霞客只好在金村停滞，一直等到当天晚上，金村头人才回到家。第二天，头人安排了人员用竹子扎成一乘轿子，在霏霏细雨中送徐霞客一行往南丹州治。

去南丹州治的路上，徐霞客先后经过了雷家村，看到了灰罗厂，偶遇了锡矿洞，途经了徐家村，欣赏了西山如玉龙般的瀑布，迈过打锡关，临近南丹州的南桥时，暮雨如注，雷电交加，催得徐霞客"急觅逆旅而税驾焉"。然后，又开始了其州治四周的旅游考察之行。在他的记述中，南丹州治所在地，街道呈南北向排列，街道中段建有大型牌坊，上书"摅忠报国，崇整精徽"八个大字。意思是勉励大家要振奋起精忠报国的信心，重新整治此地优良的精粹品格。徐霞客历经广西，还是第一次看到这样的牌坊，他说"粤省所未见者"，不知他指的是没见过这样的内容，还是指没见过这样的规模，便不得而知。但从其赞誉来看，不管是规模还是内容，南丹的这块牌坊都是值得称道的。州治在街道西南方的小石峰下，依山而建，官署大门朝北，建筑排列先是下署，再到中署，州官土司莫仅的居住地则在官署后的小石峰顶部，峰顶三面陡峭如削，形成一个囤子，很好防备。因为莫仅与兄弟不睦，只好居高处，以避不测，此乃常情。因为早在德胜闻知此事，徐霞客便没有为此作过多的描述，可见他的认同感。与囤子遥相对应的北面，是一座石山，山上有石洞，吸引了徐霞客临近去观览。这个石洞，"门顶甚平，亦有圆柱倒垂"，如果没有猜错，其叙述所对应的应该是现在丹泉的"洞天酒海"。

该去拜访当地的莫仅土司了。在南丹州治周围游历一整天后，徐霞客于2月21日把陆万里的介绍信和自己的名帖托人送给土司。同时，徐霞客感觉到没有好的物品作为给土司的初次见面礼，便把两枚从漳州府官署中得到的水晶印章送进府中，想不到官府人员不识货，便一直没有送到土司手中，所以一直得不到土司的回帖。直到当天下午，莫土司才派人馈赠了米肉和酒，徐霞客没有拒绝，煮熟后吃饭饮酒，月色也好，便和衣而睡。"五更颇寒，追起而云气复翳。"想不到，南丹的天气比别处稍冷，让徐霞客在五更时分被冻得不得不起床了，起床后，天空还被云气笼罩着。

见不到土司，需要的脚夫也未按时到位，恰又逢着雷雨，闲度了一天后，徐霞客直到2月24日才离开州治，往北而行。一路风光甚好，又风和日丽，犹如走在绿色的帷幔中，甚是惬意。先是过了夹山关，到夷州村、栏路村（拉六），夜宿腊北村；第二天黎明出发，到肖村、街旁村一带时，已是人疲马困，送行的人想换脚夫、换马匹，但没有人应差，原先送行的人只好继续送行，路经芒场，上了大道，然后到驿站调换马匹，但脚夫却不肯前行了。正在徐霞客愁绪满怀之际，遇到了一位腰背挎剑、背插弓箭的少年到来。来者正是莫伋土司派遣来专程护送徐霞客前行的，在少年的令牌督促下，脚夫们又才护送徐霞客前行。路过蛮王峰时，只见西南峰顶有块弯曲的石头，突起后向北反躬，在峰顶直竖起来后构成了头颅模样，成就了徐霞客眼前真实的"蛮王"峰，让他连声惊叹。过了蛮王峰，不久便到了郊岚村，又称头水站，村里热情地端出酒食招待客人，让徐霞客得到片刻休整。再往前行，便到了徐霞客笔下的缥缈村，只见该村倚靠在半山腰，村前平缓下陷成沟壑，田垄盘错，层层叠叠，像是雕刻出来的一道道花纹，美不胜收。所有的田块都被耕犁过，没有一处空余，加上人居稠密，显得比较繁荣。经打听，才知道此为巴坪哨，一片土地肥沃的地方。

晚上，雨后的空气晴朗舒爽，徐霞客一行便在此歇息一宿。

天明后继续北上，路过巴坪圩，到了潭琐村，徐霞客看见此地村庄相当兴盛，居民热情豁达，便在此一边吃饭一边等候换班的脚夫。再次出行后，一路上的风光让徐霞客一再慨叹，尤其是过了羊角冲后，其笔下的情感顿时丰润起来：

> 东望一峰尖迥而起，中空如合掌，悬架于众峰之间，空明下透，其上合处仅徒杠之凑，千尺白云，东映危峰腋间，正如吴门匹练，香炉瀑雪，不复辨其为山为云也。

从东一望，便见一座又尖又高的山峰耸立在那里，中间空心，两侧便像两只手掌相合一般，高悬于群峰之间，下面透出明亮之光，而顶端部分合拢处仅像一根木棍镶嵌在那里，宽大的白云绕在山间，犹如苏州的白色丝绸，也像庐山飞瀑，让人看不出哪里是山哪里是云。

徐霞客很少用这样的比喻，把吴门匹练、香炉瀑雪都用上了。赞誉有加，动情至深，足见此处风光不仅美轮美奂，还动人心扉。

> 自桂林来，所见穿山甚多，虽高下不一，内外交透，若次剜空环翠者，得未曾有。

从描述中看得出，徐霞客从桂林下来，经过了广西不少地方，见了很多穿山，尽管高低不一，内外相通，但像眼前如用刀剜空一般而且翠色环绕的穿山，还没有遇见过。此处的穿山，真是逼真得让本就见多不怪的徐霞客也动心动情。看《徐霞客游记》中关于广西境内的记述，的确没有对其他的穿山用词如此情真意切。后面，他还加了一句评论：

> 此地极粤西第一穷徼，亦得此第一奇胜，不负数日走磨牙吮血之区也。

意思是，他走了大半个广西了，看得出，这一带是整个粤西最为贫穷边远的地方，想不到在这样的地方竟然能看到第一奇绝的美景，不枉费这几天在这似乎是磨牙吮血的区域奔波了。

激情过后，归于冷静。见多识广的徐霞客，慨叹之后，并没有驻足歇息，而是继续前进，期待更加俊美的风光在下一站。过六寨的东序村后，再过六寨圩，进入浑村。按照徐霞客手中的指令，该村是要安排脚夫送徐霞客往前行至下一站的，但该村的头人拿出一个帖子给徐霞客看，示意他这是一个因为出现忠勇行为而免除差役的村子。徐霞客知情后，不做任何要求，但头人还是拿出酒肉款待徐霞客，并派坐骑送他至宛南村住宿，体现出南丹人应有的古道热肠。

徐霞客在粤西的最后一天，即1638年2月27日，历经宛中村，并在宛北村吃午饭后，便踏上贵州的旅程。他在随后的日记中记述："此不特南丹北尽，实粤西西北尽处也。"

至此，徐霞客不仅完成了南丹之行，也完成了广西之行！

2022年8月

徐行棉花天坑

　　我坐在悬崖之上，看见脚下的棉花天坑盛满阳光。从悬崖酒店阳台上摇晃的藤椅里，我注意到，无论是清晨升起的朝阳，还是即将落幕的余晖，都能在天坑里洒下亮光，一边是绿树掩映，一边是悬崖峭壁，柔和与刚毅，组成一道瑰丽景致。

　　于是，在不经意间，内心就被棉花天坑的瑰丽打动了。

　　刚开始，是从照片上看到棉花天坑的，知道那里有天然的"聚宝盆"，有悬崖峭壁，有玻璃栈道，有悬崖酒店，有空中天梯……便有了一点动心。2020年夏天，我与同事到棉花天坑采访，一一将图片上的信息粘贴成现实中的亲历目睹，这一粘贴，便一下触及心灵，动心的程度瞬时增加。

　　后来的某天，又去棉花天坑洽谈业务，并以单位的名义在景区门口挂了一块影视创作基地的牌子，算是结上亲戚。当夜留宿"悬崖酒店"十二栋的某个房间，感觉到有些特别，但印象不深。到2022年中秋过后，便与十来位同事借着工会给予的疗休养政策，结伴到棉花天坑的悬崖酒店驻扎。五天四夜的亲密接触，逐渐对棉花天坑有了亲切感。而且，这种亲切感越来越强烈，分别时竟然有了依依不舍。想一想，当你对某人某物在离别时有了愁绪，说明你已经对对方怀上情愫了。感情丰富的人，对人不仅有"相送还成泣"的情怀，对事对物也应该保持。

棉花天坑，就在罗城仫佬族自治县的四把镇。自古罗城民间就流传"好玩好耍，东门四把"的谚语。说明四把是一个好玩的地方，好耍的朋友们，棉花天坑是不错的去处，她的天生丽质，应该能让人有牵念。

美丽神奇的九万大山，从云贵高原的东南方向延绵，一直到罗城四把镇棉花村境内的万山丛中，便凹陷下去，低洼成一个心形的天坑，让棉花与天坑有了结伴，相互依附，成就了一个既温柔又险峻的景观——棉花天坑。

既然是心形天坑，就会有容量，有内涵，既能容纳雨水，也能容纳日月，还能容纳更多的天地精华。

经过旅游开发后的棉花天坑，变成了国家 AAAA 级旅游景区，涵盖天坑观光、刺激运动、休闲养生、民俗体验等项目，集国内独一无二的位于天坑里的大剧院、广西首个跨越整个天坑悬崖的空中天梯、悬崖上的蓝色游泳池、悬崖上的民俗酒店和咖啡馆、惊险刺激的空中滑索、老少皆宜的悬崖漂流等等于一体，形态多样，皆为上品。再加上独具魅力的长生洞、非物质文化遗产展示，还有独具魅力的仫佬族风情歌舞表演，让每一位到这里的游客都能找到属于自己的乐趣。

所以，到棉花天坑，不要急躁，需徐行慢步。在美丽的大自然间，呼吸优质的空气，欣赏瑰丽的景观，营造优美的心境，抛下烦躁的杂念，一心一意融入秘境，一步一行体验风情。

进入到天坑里观光，是不能缺少的项目，这也是棉花天坑风景区的游览核心。很多天坑，你只能在上面徘徊或俯视，无法亲临天坑内部探寻秘密。但是这个深三百二十多米的棉花天坑，却可以让人从南侧拾级而下，慢慢深入到地球的心脏，来一次地心探秘之旅。

步道被绿树掩映，幽静清新，不陡峭，无危险，下行或上登，都不会让人太过劳累。往天坑底部而行，越发让人紧张，让人感觉是朝着地球的内心奔赴而去。景区也打出口号"探寻地心之旅"，似乎有那么一丝感觉。既然是地球的心脏，那一定是深不可测。作为天坑，她会接受长久而丰沛的雨水，但她却又不会被水流淹没，说明她具备强大的消化功能。可是，水又流向何处了？天坑底部已经被迷雾遮挡，变得深邃而神秘，我们无法窥视到更深层次的答案，也就无法领悟其高深的内涵。不过，我们似乎体悟到了一种离地球内部更近更亲密的感觉。每个人，都不妨去试试。

离开地心，就往北侧的悬崖攀爬。千仞绝壁上，已经开凿出步道，也安装了一段玻璃栈道。踏上玻璃栈道，往下一看，脚下深不可测，顿觉心慌脚软，赶忙移动到左侧的石阶上平复心情，并不断佩服在玻璃栈道上逗留、嬉戏、俯视、摄影者。之后，只能抓住栏杆前行，目光紧紧盯住前方，故作无畏状，但心里却在打鼓：这玻璃栈道怎么那么漫长？其实，它的长度不过八十多米。一旦心有畏惧了，再短的路程也变得漫长了。悬崖峭壁上的玻璃栈道以及水泥步道，弯弯绕绕的，在悬崖上曲折上升，凤山诗人黄华金写有"九重栈道挂云边"，形容得比较贴切。

那是我第一次在悬崖上尤其是在玻璃栈道上行走的体验。

待到第二次、第三次、第四次步行后，终于找到一些愉悦的感觉。每次从悬崖步道路过，我都会抬头仰望头顶上的天梯，那悬空的步道，似乎横跨于天空之上，高远而艰险。每当有人在天空上漫步，一种敬佩的心情便油然而生。有时也会思忖：如果年轻十几二十岁，自己敢不敢尝试呢？

这应该不是年龄的问题。因为，身旁的吴观宇老兄，都已经退休好几年了，却还指着高悬的天梯介绍说："这很安全，我久不久就会走一个来回。"这让我对他肃然起敬。我知道天梯很安全，但不管如何安全，我也只能敬而远之，不敢有跨越的任何想法。

游棉花天坑，徐行的另一种方式，就是要到"悬崖酒店"住上一宿。悬崖酒店建在棉花天坑北侧的悬崖峭壁上方，是十几栋泥瓦房，全部依照仫佬族传统民居式样建造的。从天坑南侧朝北张望，只见十数栋泥瓦房，鲜明地镶嵌在绝壁上方，让人惊悚。依着台阶，来到悬崖酒店泥瓦房旁，形象低调的泥瓦房便映入眼帘，清爽扑面，暖人心扉。驻足观察，发现不同颜色的瓦片，参差不齐，不讲规则，还略显粗糙，看得出是从乡下搜集而来的。泥巴墙面，统一是米黄色，干净而透明，远观耀眼，近瞧生动，用手抚摸则显亲切，那是因为抚摸到了很多年前乡下老家的感觉。每栋房子皆为依山而建，在原有坡面打桩，不用开岩凿石，没有破坏生态，远望还是近观，都具备审美功能。

我居住的七号楼，正处于悬崖最险绝处。悬着一颗心，小心推开厚重的木门，首先看到了上二楼两个房间的木楼梯。楼梯被漆成轻红色，格调适中。再打开一扇门，就进入到中堂，才发现我走的是后门。放下行李，慢慢打量起这个似曾相识的屋子。这是三间正屋，中间是厅堂，从地面开阔到屋顶，墙上设置有香火壁；立身中堂，朝外而望，右侧是卧室，被一道墙一扇门挡住视线；中堂至左侧是敞开的，作为休息间，也是所谓的接待室，摆设着沙发、电视柜等。布局设计虽简雅，却淳朴得让人有归家的感觉，也算是匠心独运了。

接下来需要做的事情，就是打开大门。我抽开上下两只门闩，拉开两扇厚重的木门，左边的木门发出沉闷的吱呀声，这不是我小时候听到的大门开合时的声音吗？这样的声音，设计安装者应该听得到，只要涂抹一层润滑油就可消除了，而他们故意把这种声音保存下来，目的就是让乡音延绵。大门打开，迈出门槛，午后的阳光照满了整个阳台，一下子让厅堂也敞亮温馨。这一幕，真是太熟悉了，熟悉得让你的记忆顿时丰满起来。每个人的记忆里都装着太多的东西，装着太多情怀，一旦遇着熟悉的事物，潜藏于记忆深处的情景，便一一浮现出来。随着时间推移，事物在改变，时光在演绎，很多经历只能变成珍惜。触景生情时，记忆会瞬间弹跳出来，让人猝不及防，顿生感动。这一刻，我得感谢这悬崖酒店的设计者，他或者她，是不是在记忆深处也珍惜着家乡过去的乡愁与记忆？不然，何以能酿造出这般灿烂而温暖的回忆？后来认识了景区的负责人吴泰昌先生，才知道这位仫佬族青年，在打造景区、建设悬崖酒店的过程中，就有意识地融入了仫佬族文化。这悬崖酒店，他用情更深。如何才能做到民居模样？他与建造者，自行研制，用白水泥、黏性黄泥巴、胶水、碎石分别按照一定比例，制作成米黄色泥浆，用于涂抹外墙和内墙，既确保有硬度，又能防水防晒，不怕日晒雨淋。每栋房子都按照过去仫佬族民居1.5倍的比例来建设，上下二楼，让房子扩大，让门窗扩大，更让空间扩大。没有猜错，那些形状不规则、颜色也不统一且富有年代感的瓦片，正是他从乡下收集来的，价格不菲，之所以不计成本地来打造民居式样，要的就是客人的归属感。

他们的心思有人理解，他们的情怀有人接纳。他们做到了。

盛满阳光的阳台，宽敞明媚，沐浴在秋阳里，扶栏杆眺望，眼前就是深不可测的天坑和高远的蓝色天空，四周是翠绿的山峦，古人讲的"心旷神怡，宠辱皆忘"，应该就是这样的心情吧！往下一看，被树枝遮挡的天坑，隐隐约约，深不可测，让我双腿的踝关节不自觉地发酸，这是有恐高的感觉。我不知道自己是什么时候有了恐高的状态。小时候，攀爬悬崖峭壁打柴火，还从峭壁攀爬而下游览家乡附近的交乐天坑，后来爬高楼攀高山，都不曾恐高过。直到有一次去游览乐业天坑，在扶着栏杆朝天坑底部俯视时，因为太过险峻，突然感觉到踝关节发酸，一丝丝恐惧从心底冒出来。后来，游览位于湘西德夯大峡谷悬崖峭壁上的玻璃栈道，其实也是有恐惧感的，因为人多，只好故作镇定扶着栏杆朝前走，根本不敢朝下望。即使走了多次的棉花天坑玻璃栈道，还有位于南丹县芒场镇蛮降农耕文化园里的玻璃栈道，我也没有一次是放心走完的。一个人，随着年岁增长，担心的事物就越多，心怀杂念，难免容易胆战心惊。

悬崖酒店，房屋外表是泥瓦房，房间里却很现代化，舒适熨帖，让人舒心，也能安心，还能静心。

如果心情不错，早上、下午或者晚上，还可以到"悬崖咖啡馆"坐坐，寻味另一种情调。在棉花天坑的悬崖上，建有一栋咖啡馆，取名"悬崖咖啡馆"，咖啡有众多种类，不逊色于大都市的咖啡馆。

白天，透过咖啡馆阳台上的玻璃，你会看见底下的悬崖，让恐高症者有些许恐高，但更多的是得到心理改善，增加信心。

记得去疗休养的当天晚上，热情好客的观宇老兄就带我到悬崖咖啡馆，一边喝咖啡，一边欣赏夜色中的棉花天坑景色。他原在任上时我们就交往熟悉，退休后到棉花天坑协助做一些管理工作和担任文化顾问，让我们在那几天有了更多的接触机会，对棉花天坑的现在和未来规划有了更多了解。随他静静坐下后，我便看见咖啡馆大厅的灯光，被装饰成满天星斗。光线微弱，能让人安宁、静心，能引导人心无旁骛。悬崖之上，可以放开想象，也可以放松心情。

之后的一个晚上，我独自来到悬崖咖啡馆的阳台上。因为还是旧历的月初，月亮还没露面，天空青蓝低矮。除了应有的灯光，只有横跨天坑的空中天梯，那不断变换颜色的彩条灯，还在独自不停变换颜色，像两条彩龙，变幻于夜空中，让人体会到一种无限的空旷。空旷之间，是无限的想象，是持久的扩张。空旷，会把人的一身疲倦，融入空气之中，高耸于悬崖之上。

在即将离开棉花天坑的那晚，仫佬族女作家、罗城文联副主席、棉花天坑景区文创指导老师颜庆梅，邀请我们到悬崖咖啡馆喝茶，品味"地心之恋"咖啡。茶和咖啡，在天坑与地心，化作一种犹如地质演化般悠长的时光。她带来了产自九万大山腹地的茶叶、葛薯，那些吸收了九万大山土壤与空气精华的产物，清脆清甜，清香清澈。还有来自罗城西部天河的甜枣，色泽鲜明，甜入心灵。咖啡馆可以营业到夜里的12点，服务员小蓝、阿娟，亲切友善，服务周到，让品茗者流连忘返。感觉到，这棉花天坑，不仅有秀丽风景，更有甜美人心。

徐行棉花天坑，可以到长生洞探寻长生密码，可以到天门山体验穿岩的魅力，还可以走进非遗展示厅，了解仫佬族土布染制、剪纸、煤砂罐制作等技艺，也可以进入巧妹音乐餐吧，欣赏悬崖边上的民族文化表演，享受另一番精彩。

何述强先生有题棉花天坑的诗句："秘境能通九重天，危崖峭壁飞紫烟。江山到此呼胜地，遗落南天不知年。"借他的意象，我领悟到，棉花天坑，是一处秘境，紫气氤氲，祥云飘飞，是遗落南方的一处净土。我想，天然、自然、安然、悦然的棉花天坑，积满山川锦绣，伴你超然物外，在你离开她的那一刻，她会赠送你一篮日月光华，还会送你满身的一尘不染。

在棉花天坑旁，我看见了一棵青冈树，是悬崖之上原始的树木。其周围已被拓展成道路和生态停车场，独有它被保留下来，树干挺立，枝干铺展，叶子青翠。这种树木，本身坚硬，可以做枕木、船板和建筑的木桩等，韧性十足，正如棉花天坑，以十足的韧性在万山中挺立，开枝散叶成生态休闲养生的最佳去处，也成为文化与旅游界的骄傲。

2022年10月

八桂琴弦

亿万年前，八桂大地上的群山与江河，就已经耸立和流动在这里了。

直到在这亿万年后，才有人在崇山峻岭与苍茫大地间画上了一条条实线，逢山开路，遇水搭桥，把群山、河流、洼地、荒野变成了坦途，让种子遇上春天，让坦途化为琴弦，让八桂人民在琴弦上弹奏出亿万年来未有的兴奋与惊叹。从此，亿万年不再漫长，千万里不再遥远！

拨响大地的琴弦，人世间就会荡漾起悦耳动听、令人陶醉的乐章。在壮美山川间，驰骋于高速大道上，会情不自禁被生态、美丽、快速、舒畅的乐章打动，萦绕于怀，挥之不去。

时间来到2022年岁末。在和煦的阳光里，一大批高速公路建成通车。尤其是随着期盼已久的南丹至天峨、田林至西林、梧州至信都等高速公路的建成通车，天峨、西林和苍梧三个县结束了不通高速公路的历史，八桂大地终于实现县县通高速公路的目标，高速公路通车总里程也突破了8000公里。八千里路云和月，突破的是长度，跨越的是心灵。

征服了岁月，延伸了希冀。新的时代，八桂儿女不仅仅是脱掉了交通事业落后的外衣，发展质量，也如上了快车道，风驰电掣。

但对广西历史稍微熟悉的人应该明白，自古以来，位于岭南的八桂大地，是边远、艰涩的代名词，其路迢迢，客梦悠长，关山难越。在此，我们可以慢慢循着唐朝的气息，回望柳宗元笔下的描摹："海畔尖山似剑铓，秋来处处割愁肠。"

这是公元815年被贬谪到柳州担任刺史的柳宗元发出的慨叹。

当年3月底，柳宗元从长安出发，跋山涉水，风雨兼程，历经三个月才终于到达柳州。当时的柳州，已经是广西的门面了，但在朝廷眼中还是荒远闭塞之地。几年之后，知道自己被征召回京的柳宗元，看着漫漫赴京路，依然是心花怒放，急盼北归。可惜诏书还在路上，尚未动身，他便一病不起了。

公元1104年春天，被除名羁管宜州的黄庭坚，在踏上宜州土地后也是长叹："烟中一线来时路。极目送，归鸿处。第四阳关云不度。"离妻别子只身从湖南永州南卜的黄庭坚，来到了边远的宜州时，回身看那来时的道路，已成为云烟中一条蜿蜒崎岖的丝线。如此艰险的道路尽头，诗人仰望天空，看着孤鸿远去，发觉天空高远得连云朵也飞度不过，山高水长，道阻且跻。在黄庭坚贬谪宜州一年后，朝廷已经恢复他在永州的官职，可惜几个月过去，调往永州的诏令尚未到达，他便客死宜州了。结局与柳宗元如出一辙。

1637年，一代旅行家徐霞客，从湖南入广西，开始了为期一年的广西游。给他感触最深的，还是广西的行路难。"千峰万岫，攒簇无余隙"的峰丛地貌，让他伤透了脑筋；道途蹇塞，路径艰险，让他吃尽了苦头。但他还是倾尽笔墨，为八桂山川留下了珍贵的经典文字。

著名作家巴金，在抗日战争期间曾经从桂林到柳州经河池上贵州，一路舟车劳顿，走走停停，耗时耗力过多，不得不在现在的河池镇留下了"不管他坐的是什么车，能够往前走的人便是幸福的"笔墨。

1986年，邓小平在视察漓江时，时任广西壮族自治区人民政府主席韦纯束对小平同志说："您曾到过韦拔群的家乡东兰武篆，在魁星楼住宿和办公，希望您有时间回东兰看看。"东兰是小平同志曾经战斗和生活过的革命老区，他何曾不想去看看那里的百姓呢？可是，他当时年事已高，而且交通条件也不允许，只好遗憾地说："我很想去，但现在不能去了，因为百色东兰没有火车，又不让我坐直升机，这次我到桂林也等于到了百色，到了东兰，请代我向广西各族人民问好！"

小平同志的情真意切，让人动容。而广西的行路之难，却又让我们汗颜。

秦修驰道，汉通西域。中国的交通事业，具有悠久的历史。但在秦汉之后的发展过程中，进程缓慢，质量不高。到新中国成立之际，广阔的中华大地，公路里程仅有13万多公里，且因年久失修、战争破坏，真正能通车的也只不过8万多公里。

八桂大地的道路状况，较之全国，发展更加缓慢。百年来，地处中国西南边陲的广西，一直被视为中国交通的"神经末梢"。直到1919年的邕宁至武鸣公路竣工，才开启了广西公路发展的篇章。至1949年，广西累计建成公路虽然达到了5539公里，但至同年

12月广西全境解放时，广西公路几乎陷入瘫痪之中，通车公路总里程仅剩555公里，屈指可数。

美好，源自奋斗。从新中国诞生之日起，站起来的中华民族，为了创造美好生活，一代一代奋斗、一代一代接力，全力以赴在神州大地上雄燃大道建设之火。壮乡儿女，与全国人民一道，筚路蓝缕，携手并进，用一腔情怀、全心奉献，高唱筑路之歌，一路前行。

1950年11月，梧州至信都公路开工，揭开了新中国成立后广西新建公路的序幕。帷幕开启，千帆竞发，从此，八桂大地开始有重点地改造干线公路、桥梁，新建地方公路，很快就让天峨、凤山、资源等未通车的边远山区县城都通了公路，让少数民族地区和革命老区的交通条件得到大大改善，让八桂人民增添信心，点燃希望。

在改革开放的伟大浪潮中，广西公路也进入蓬勃发展的关键时期。尤其是从20世纪70年代中后期起，八桂人民自力更生，艰苦奋斗，步步为营，稳健推进，到1990年年底，广西公路通车里程已达三万六千多公里，初步形成了城乡交织相连、四通八达的普通公路交通网络。

在普通公路蓬勃发展的关键时期，八桂高速公路应时而立，快速崛起，春意盎然，生机焕发。

印象深刻的1998年夏天，那里有我第一次去桂林的印记。一行人乘坐的中巴，从金城江出发，途经一级路到宜州，再摇摇晃晃从二级路到柳州，到柳州后便上了高速公路。那一瞬间，疾行的车子，风驰电掣，只见两旁的山川树木飞速而过，让人舒心惬意。

桂柳高速，是八桂大地上的第一条高速公路。怀揣着国家"要充分发挥广西作为西南地区出海通道的作用"的庄严使命，于1993年10月开工建设，1997年建成通车，让广西公路实现华丽转身。

桂柳高速之后，借助西部大开发的"东风"，广西高速公路建设提速前行，钦州至防城港至北海、宜州至柳州、柳州至南宁等一批高速公路相继建成通车。

从无到有，从点到线，从线到网，广西高速公路纵横交错，四通八达。从国家战略到自身的谋篇布局，广西高速公路建设速度也是风驰电掣，突飞猛进，到2021年已突破7000公里，县县通高速公路比率达96%，成为出省出海出边交通运输网络的主骨架，成为壮乡经济腾飞的新引擎。

艰难困苦，玉汝于成。高速公路的发展，并非一帆风顺。

作为"无山不洞，洞中有洞"的喀斯特区域，开山劈道、遇水架桥，施工难度之大，难以想象。

在苍茫的八桂大地，随着自然环境的变化，会让高速公路的施工难度加大，会让过程变得异常艰辛。尤其是在桂林、百色、河池、崇左等地的高速公路上，桥涵、隧道几乎成为项目施工主体，而且一些隧道要穿越溶洞、断层、瓦斯地带，很多都是地质条件复杂的高风险隧道。在这样的环境下，一条道路的开辟，艰辛点点如繁星。

在河池至都安的高速公路施工期间，我与当地几位作家一同被建设指挥部邀请到现场观摩采访。没有火热的场面，只有轰鸣的机器声。谁也想不到，在这样的崇山峻岭间，会有一条通途脱颖而出，让我真切感受到了"时人不识凌云木，只待凌云始道高"的境界之妙。当时，设计方介绍，河都路全线将设计27座隧道，但在施工过程中，发现所有隧道都有溶洞和裂隙，有的溶洞高达七十多米，有的溶洞与地下河连接，深不可测。其中，河都路上的横财山隧道就是典型。该隧道为左右洞长均超过1200米的双洞分离式长隧道，开挖时发现隧道内有大型厅堂式溶洞和地下河，先后出现过几千到数万立方的塌方，期间，一台铲车和四副作业台架被塌方岩石砸进淤泥，不见踪影，让工程一度停滞不前。

这是广西乃至全国公路建设史上未曾遇到的难题，依照他们现有的技术力量，无法自行解决。

建设指挥部多次组织召开溶洞处理方案研讨会，无果。只好邀请中国工程院院士王梦恕以及交通运输部有关专家到现场勘查会商。

面对溶洞内出现多处塌方、雨季溶腔渗水严重的情形，加上没有成功经验借鉴，这给王梦恕院士也设置了难题。但最终，专家团队及施工方用了八个月时间，研制出了一套科学处置方法：首先向溶洞空腔泵送大量混凝土，在溶洞内形成一个混凝土斜坡面，让溶洞空腔滚落的岩石沿斜坡滑向溶洞底部，以减少落石对隧道的冲击。然后，在灌注的混凝土内开挖隧道。

处理方案确定以后，工程队便利用旱季时节抓紧施工，总体工程并未延误，让河都高速成为中国"南方喀斯特地貌山区典型示范工程"，在业界闻名遐迩。

横财山隧道溶洞处理方法，也首开了国内外同类溶洞的先河。

作为世纪"一横"的河池至百色高速公路，也是在崇山峻岭中修建，地形地质复杂，难度可想而知。

特别是在争季节、抢工期、赶进度的时候，多少个不眠之夜，成千上万建设者栉风沐雨，浴血奋战，用行动来体验所谓的逢山开路、遇水搭桥的气概。在建设期间，刮风下雨，也动摇不了建设者的信念；寒冷冰冻，消弭不了他们施工的热情；环境艰险，阻止不了他们施工的步伐；逢年过节，撬动不了他们施工的身影。2018年11月，连接河池、百色两大革命老区的高速公路建成通车。这是老区发展之路，是老区人民的连心之路，更是老区迈上新时代新征程的无际大道。

建造之功，让老区人民铭记于心，感恩于怀。

2022年6月6日，我在高速公路建设工地，遇上了另一个历史时刻，见证了广西高速公路创造的又一项世界奇迹。

我有幸目睹了在建世界最大跨径拱桥——南丹至天峨下老高速公路天峨龙滩特大桥主桥拱桁实现高精度合龙。

天峨龙滩特大桥是南天高速公路项目的控制性工程，位于天峨县龙滩大坝上游，横跨红水河，全长近2500米，主桥为跨径600米的上承式劲性骨架混凝土拱桥，是在建世界最大跨径拱桥，是国家交通运输行业重点科技项目，由中国工程院院士郑皆连教授带领他的团队负责。

伫立红水河畔朝上而望，刚刚合龙的大桥高耸入云。那横跨江河的彩虹，连接的不仅仅是江河两岸，也连接了人类技术的交流与进步。因为，天峨龙滩特大桥的建设，推动了世界上大跨度拱桥设计、施工工艺的跨越式发展，代表着广西高速公路建设在速度、规模、品质、品牌等方面不断实现新突破。

这些，不仅体现了广西速度，更体现了广西力量与广西智慧。特别是广西荔浦至玉林高速公路平南三桥，实现了多项关键技术首创和突破，为进一步探索特大跨径拱桥建设奠定了坚实基础，荣获"中国钢结构金奖年度杰出工程大奖"，成为全国首个获此大奖的桥梁类项目，也是广西的桥梁首次获得该项大奖。作为交通强国试点的南宁沙井至吴圩高速公路，致力于打造开放的智慧交通试验测试平台，推动 5G 通信网络服务、北斗导航与位置服务、车路协同、交通运行智能管控、新能源智能网联车等智慧交通产业、数字经济在广西发展，对东盟数字交通、智慧交通发展起到引领、示范作用。

　　俯瞰八桂大地，高速公路基本形成横贯东西、纵穿南北、覆盖全区、连接泛珠三角等多区域和东盟国家的"六横七纵八支线"高速公路网格局。交通蓝图上的高速路网，串联起的是城乡产业，定格出的是奋斗图景。那些洁净的彩练、腾飞的长虹，穿越于青山碧水间，装点生态，洋溢幸福，在壮美大地上展现时代新画卷。

　　拨响吧，用情怀与感动拨响大地的琴弦，让八桂人民尽情弹奏。弹一支舒雅的恋曲，就把曲曲折折的相思拉近；弹一曲隽永的乡音，就把弯弯绕绕的情感缩短；弹一曲温暖的迎客调，让遥遥远远的脚步欢快地踏上这片热土；再弹一组豪迈的赞歌，让曾经坚硬的历史、阒寂的岁月，更加柔和，持续喧阗。

2022 年 12 月